Les jolies choses

VIRGINIE DESPENTES

Virginie Despentes

Les jolies choses

Éditions J'ai lu

À

Mes parents
Dominique, l'impératrice
Caroline, Hacène & Emil
Louis-Stéphane, Nora Hamdi
Mehdi, Varouj, Rico, Tofick
Zingo de Lunch & Vartan

PRINTEMPS

Château-Rouge. Terrasse, sur un trottoir, au milieu des travaux. Ils sont assis côte à côte. Claudine est blonde, courte robe rose qui semble sage mais laisse voir un peu sa poitrine, parfaite poupée bien arrangée. Même sa façon de s'avachir, coudes sur la table, jambes étendues, a quelque chose de travaillé. Nicolas, ses yeux sont très bleus, on dirait toujours qu'il rigole, prêt à faire un coup facétieux. Il dit :

— Putain comme il fait beau...

— Ouais, ça fait mal aux yeux.

Elle a oublié ses lunettes chez elle, elle plisse le front en ajoutant :

— Je me sens chelou, c'est grave. Carrément, là, ça me brûle.

Elle touche sa gorge et déglutit. Magnanime, Nicolas hausse à peine les épaules :

— Si tu bouffais pas des antidépresseurs comme si c'était des carensacs, probable que t'irais mieux.

Elle soupire longuement, commente en levant les sourcils :

— Je me sens pas soutenue avec toi.

— Moi, pareil : pas soutenu. Ça serait même plutôt : précipité dans la merde.

— Je comprends pas de quoi tu parles.

Il aimerait s'énerver, faire remarquer qu'elle n'est pas drôle, mais ça lui reste coincé en gorge et il se contente de sourire. Le serveur arrive, lance deux cartons sur lesquels il pose les demis. Gestes impeccables. Les bulles montent dans le doré, en lignes droites et rapides. Ils trinquent machinalement, échangent un bref coup d'œil. Table d'à côté, une gamine fait du bruit en raclant à la paille le fond de sa grenadine. Nicolas écrase sa clope pas finie, l'écrabouille bien pour qu'elle s'éteigne, il déclare :

— Ça ne marchera jamais. C'est impossible de vous confondre.

— T'en as de bonnes, chouqui, on n'est jamais que des sœurs jumelles...

— Alors comment t'expliques que je ne l'ai même pas reconnue, quand je suis allé la chercher à la gare ?

Claudine fait une moue comique, signe qu'elle non plus ne comprend pas. Nicolas insiste :

— Elle m'est passée sous le nez, j'ai pas tiqué en la voyant. Il a fallu que tous les passagers se dispersent et qu'on se retrouve seuls côte à côte pour que je distingue une vague ressemblance entre elle et toi...

— Peut-être que t'es un peu con... Faut pas oublier ça.

Le garçon passe à leur hauteur, Nicolas lui

fait signe de remettre la même. Puis se masse le front avec deux doigts, regarde dans le vide comme s'il y contemplait le problème. Quand il est fatigué de se taire, il repart à la charge :

— Elle est timbrée, ta sœur, complètement autiste.

— Elle est grunge, quoi... Vu ce que Paris trimbale comme phénomènes, moi, je la trouve plutôt calme.

— C'est simple, en une après-midi, je l'ai entendue dire exactement quatre mots, et c'était : «Toi, je t'emmerde.» Ça, pour être calme...

— Faut se mettre à sa place, aussi, elle est sur la défensive.

— Ce qui m'énerve, c'est que tu m'as même pas prévenu. T'as oublié de me dire un paquet de trucs, je crois bien...

Claudine se raidit, tourne la tête vers lui et il connaît ce visage, quand elle perd son sang-froid et devient franchement mauvaise :

— Tu comptes faire chier longtemps comme ça ? Si ça t'énerve, surtout te force pas. Rentre chez toi, t'inquiète de rien : on se passera de toi.

Elle ne lui laisse pas le temps de répondre, se lève et va aux chiottes. Le verrou est tout rouillé et déglingué, marques de clopes jaunes comme une cicatrice sur le dérouleur de PQ. Chiottes turques, faire attention, en tirant la chasse, à pas trop s'arroser les pieds.

Poitrine barrée d'un poids absurde, elle voudrait être ailleurs. Débarrassée d'elle-même. La sale tension est incrustée, elle se réveille en même temps qu'elle et ne la lâche qu'après bien des bières.

Elle revient s'asseoir à côté de Nicolas. Une fille passe en combinaison peau de serpent et shoes à semelle bizarre comme ils en font maintenant. Plus loin, un homme hurle « au voleur », des gens courent et d'autres s'en mêlent. Ailleurs, ça klaxonne, une sorte de corne de brume comme si un paquebot débarquait sur le quartier.

Claudine fouille dans son sac, sort la tune et l'étale sur la table en déclarant :

— Y a pas de pourboire pour les connards, il m'énerve, celui-là.

— Le garçon ? Qu'est-ce qu'il t'a fait ?

— Il met jamais la sienne. C'est nul.

Elle empoche paquet de clopes et briquet, conclut sèchement :

— Tu l'accompagnes ou pas ?

— Je t'ai dit que je le ferai, je vais le faire.

— Parfait. On bouge ?

Elle a dans l'œil une légère lueur satisfaite. Se lève et l'attend, puis sur un ton soulagé :

— J'adore ça, quand il commence à faire chaud. Pas toi ?

Nicolas et Claudine se connaissent depuis déjà un bon moment.

Le jour qu'elle est venue habiter Paris. S'en souvenir comme d'hier. Décision prise sans préméditation, elle discutait avec une fille, au téléphone, passait en revue leurs copains afin d'en dire le plus grand mal. Elle s'est entendue déclarer « moi, de toute façon, je me casse, je monte à Paris, je veux plus de cette vie où jamais demain ne veut dire quelque chose». Et, raccrochant, s'est rendu compte qu'elle allait le faire, pas des paroles en l'air.

Remplir un sac, de choses et d'autres, sans importance, qu'est-ce qu'on emmène. Queue au guichet, billet de première classe alors qu'elle n'avait presque pas de tune, pour le symbole, pas débarquer là-bas comme une putain de crevarde. Une gamine ne la lâchait plus, «por favor, madame, por favor», Claudine la regardait, disait non et la gamine ne se lassait pas, l'avait suivie jusque l'escalator. «Por favor... S'il vous plaît.»

Trajet dans une humeur bizarre, une impatience naissante qui ne la quitterait plus. Que la vraie vie démarre, sans qu'elle sache bien à quoi ça ressemble.

Sortant de la gare, elle en prend plein la face. Les rues sont énormes et blindées de voitures, vacarme partout, les Parisiens nombreux, pressés et oppressants. Elle a marché pendant des heures, yeux larges ouverts sur tout ce monde, sac lourd et encombrant lui sciant paume et épaule. À chaque coin de rue, nouveau spectacle, monuments imposants et déluge de passants. L'argent se sentait de partout, courant quasi tangible. Et dans son crâne, en boucle, «je vais te manger, toi, grosse ville, je vais te croquer à pleines dents».

La nuit tombait à toute allure. Claudine toute seule dans un McDo, un type est venu s'asseoir à côté d'elle. Pompes classe, belle montre, un air globalement riche. Il a fait ses manœuvres d'approche, tâtant le terrain, l'a jugé favorable.

Il était probablement habitué à tenter sa chance auprès de jeunes inconnues, l'a emmenée manger ailleurs. Restaurant vraiment chic, comme quoi il l'évaluait au prix fort.

Quand elle a dit qu'elle n'avait nulle part où dormir, il a estimé honnête de prévenir qu'il ne pourrait la dépanner qu'une seule nuit, tout de même soulagé : ça ne serait pas de l'argent gaspillé, elle ne le lâcherait pas au dernier moment. Claudine l'a rassuré, sur le ton de l'évidence rieuse : « Je ne vais pas m'installer chez toi ! »

Mais elle savait déjà que si l'appartement lui plaisait, elle resterait le temps qu'elle voudrait. Elle en avait palpé quelques-uns, des comme lui : nymphomanes au masculin, besoin compulsif et insatiable d'être rassurés, très vulnérables. Ce profil-là, elle avait tout ce qu'il faut pour le maîtriser.

Puis elle a fait celle à qui les larmes montent aux yeux tellement il arrive à bien la faire jouir, juste ensuite celle qui est reconnaissante qu'on l'épanouisse aussi bien, aussitôt suivie de celle qui ne colle pas trop, ni trop curieuse ni trop bavarde, discrets signes d'admiration avec un zeste de « j'ai l'habitude qu'on me traite comme une princesse alors déconne pas trop » pour lui entretenir un fond de panique latente et le sentiment d'avoir touché un très gros lot.

Elle a dû faire ce qu'il fallait, puisque dès le lendemain soir bonhomme lui-même insistait pour qu'elle s'installe là. Elle résistait un peu, « on se connaît à peine, on n'est plus des gamins, c'est pas facile de cohabiter », pour s'assurer qu'il n'émette pas de réserves. Mais tout de suite

12

il a bien réagi, «quand l'amour se présente, il faut savoir s'y risquer», lestement convaincu que ça lui faisait pareil qu'à lui : souffle puissant des passions rares. Elle n'a surtout pas démenti.

La vie chez lui était plaisante, bien qu'il en vienne souvent au sexe.

Révulsion verrouillée, à l'instinct et depuis toujours elle faisait ça comme ça, tout son extérieur était souriant, amoureux et paisible. Ça restait dedans, son envie de se vomir, et cet étonnement à chaque fois : comment peut-on croire des visages quand ils masquent si maladroitement.

Heureusement, la plupart du temps il sortait faire ses trucs, elle était seule chez lui. Laissait les jours passer.

Paris était une ville plus difficile que prévu. Bourrée de gens pareils qu'elle, décidés à se tailler une bonne vie. Alors, elle laissait le temps passer, exécutait des mouvements de gym pour que le moment venu son corps soit impeccable. Parce que le moment viendrait, ça, elle n'en doutait pas encore.

Un dimanche, soleil d'hiver, elle est descendue acheter des clopes. Longue queue de gens au seul bar-tabac ouvert. Un type s'était posé sur le comptoir pour gratter son black-jack avec un médiator, méticuleusement. Elle le regardait faire en attendant qu'on lui rende sa monnaie. Il était insipide, plutôt blond pas franchement, plutôt grand pas franchement, des yeux bleus qui pouvaient bien être verts, pas mal sapé ni bien non plus. Efflanqué, beau sourire, une nonchalance qu'il portait bien. Extrêmement anodin, c'est ce qu'elle en avait pensé sur le coup. Relevant la tête, il avait croisé son regard, très grand sourire :

— Mille boules. J'y crois pas ! Pourtant j'ai jamais de chance.

— C'est peut-être la roue qui tourne.

— J'irai pas jusque-là, mais je suis quand même content... Je te paie un demi ?

Il exultait. Ses yeux, quelque part dans le bleu, une étincelle radieuse. Il avait appelé le serveur, son billet gagnant à la main, l'exhibant, fier de lui. S'était encore tourné vers elle :

— Alors, tu bois quelque chose ?

Elle avait failli dire non, par pure habitude de décliner ce genre d'invitation. Mais sa tête lui revenait trop bien, immédiatement. Elle s'est doutée que ça valait le coup de prendre un verre avec lui, a accepté.

De son côté, Nicolas examinait cette bombe précieuse, étonné de la sentir si simplement prête à être en confiance avec lui.

Catégorie pétasse, celle-ci éliminait du monde. Moulée dans du jean blanc et chemisier serré, acceptant de boire un coup avec lui. Comment et quoi elle voulait obtenir de lui, avec ses gros nibards, son ventre plat et ses hanches arrondies. Elle avait un cul fascinant, qu'elle savait dans quel futal mettre.

Ils s'en étaient jeté un au comptoir. Elle rigolait facile, semblait contente d'être là. Il avait proposé :

— On s'assoit pour remettre la même ?

14

— Tu vas tout claquer en bière ?

— Vu comment j'ai des dettes, j'en suis plus à mille boules…

Elle avait des dents blanches, impeccables. Elle jouait beaucoup avec ses cheveux, une façon d'être ravissante :

— Ça fait un bail que j'ai pas bu dans un bar. Depuis que je suis là, en fait, ça fait presque trois mois. J'ai pas un flèche, je peux même plus fumer des bonnes clopes.

Elle agitait son paquet de trente avec un dégoût amusé. Puis levait son verre à sa santé, en attendant qu'il trinque. Elle sentait bon, il pouvait sentir son odeur en étant assis en face d'elle. Elle croisait sagement ses mains sur la table, et ses ongles étaient roses. C'était impossible pour Nicolas de discerner si elle était toute kitsch pour faire genre c'est mon genre, ou bien si elle trouvait ça classe, premier degré.

Plus tard, à plusieurs reprises, il lui demanderait : « Mais pourquoi tu te sapes pouffe à ce point ? » Levant les yeux au ciel elle répondrait : « Écoute, coco, tu peux me sortir toutes les salades du monde, ce que je sais c'est que les hommes adorent ça. Que ça soye absurde, c'est pas le propos, ce qui compte c'est que ça marche à chaque fois. »

Trois verres plus tard, elle racontait sa vie : «… j'habite chez lui, franchement il est gentil. Quasiment c'est le problème, j'ai l'impression de me coucher dans du miel. Ça va c'est doux mais c'est gluant et puis j'ai vu plus excitant… Enfin, c'est provisoire, dès que je trouve un truc pour faire de l'argent je prends une piaule,

15

même minable. Souvent, quand il est là, je descends marcher, je regarde en l'air, les apparts à terrasse, avec des fenêtres immenses, et des jardins en pleine ville… »

Et c'était vrai, plus tard il le saurait, à force de marcher avec elle très souvent elle s'arrêtait, tendait son bras pour désigner une fenêtre, « un jour j'habiterai là », et ses yeux s'allumaient, elle en était très sûre, elle pouvait être patiente.

Elle continuait de parler, pas difficile à écouter : « Dans un premier temps, c'est comme si je devais nettoyer les chiottes sans broncher. Il n'y a que comme ça que je peux être dans la place, aux aguets… mais la première faille où je peux rentrer, je fonce… ça prendra le temps que ça prendra. »

Elle mordillait sa lèvre inférieure en parlant, il remarquait parfois, en se demandant s'il les rêvait, des larmes de rage qui lui montaient aux yeux.

Elle ne devait pas boire souvent parce qu'elle ne se tenait pas du tout, s'abrutissait, les yeux qui dérapaient nulle part.

— Mais pourquoi t'es venue à Paris ?
— Ben, pour devenir actrice.
— Porno ?

C'était sorti tout seul, faut dire que ça tenait de l'évidence. Elle avait juste plissé les yeux, avalé quelque chose d'amer. Il avait bredouillé, un vague espoir de se rattraper :

— Je demandais pas du tout pour te blesser, je connais plein de filles qui…

— Je m'en fous des filles que tu connais, et je m'en fous de ce que tu penses de moi. Je suis pas

16

gourde au point de pas savoir à quoi je ressemble. Et je suis pas gourde non plus au point
d'attendre sur qui que ce soit pour dire à ma
place ce que je suis capable de faire ou pas. On
verra ça en fin de parcours, où j'en serai. Et moi
ça me fera bien rire, tous ces gens qui m'ont prise
pour une conne, parce que je vais leur montrer.

Elle s'était redressée pour dire ça, tout son
torse bombé contre le monde, et affalée d'un
coup, comiquement, consciemment :

— Mais bon… je suis pas gourde non plus au
point d'imaginer que je suis la seule qui parle
comme ça.

Elle s'était tue un moment :

— On en reprend une ?

— Ton lascar va pas s'inquiéter ?

— Si. On devait passer une super-aprem, à
mater des vidéos de films d'action en VF en
fumant du biz dégueulasse qu'il va pécho à la
cité. Les gosses l'arnaquent, j'ose pas lui dire.
Mais franchement on fume du henné. D'ailleurs
t'as raison, faut que j'y aille.

— On remet la même, ou pas ?

— Vite fait, une dernière.

Le lendemain matin, il s'était levé pour vomir
et elle était sur le canapé. Sans qu'il se sou-
vienne bien comment elle avait atterri dans son
salon. Ils avaient pris le café, tranquilles. Elle
était restée là, le temps qu'elle se trouve un
appart. Et ils étaient devenus copains, quasiment par inadvertance, à force d'être toujours
contents de se voir et d'en avoir souvent envie.

Il y a trois mois de ça, Nicolas — qui avait rencard juste à côté de chez Claudine — est passé voir si elle était là. « Tu paies ton caf ? »

Il l'a trouvée tout exultante : « Tu sais, Duvon, le producteur ? Il est OK pour un disque, je dois l'appeler dès que la démo est prête. Écoute, je crois qu'il est vraiment motivé... Ce type-là a vraiment envie de me donner une chance. Ça fait un moment que je t'en parle, non ? »

Il avait détourné les yeux de l'écran télé où un type — filmé du plafond sans qu'on sache bien pourquoi à part pour faire plouc — en rejoignait un autre dans des chiottes pour lui tirer une balle dans le crâne tout en l'appelant « mon ange ».

— Une démo ?

— Ouais, j'ai balourdé, j'ai dit qu'elle était quasi prête... J'ai pensé à tes programmations, tu sais, les deux que j'aime bien...

— Loin de moi toute volonté de te mettre des bâtons où que ça soye mais... Claudine, tu peux pas chanter, on a déjà essayé.

Ensemble, ils avaient tenté un peu tout et n'importe quoi pour se faire remarquer. Peine perdue. Les années s'entassaient, les ambitions se rationalisaient. Ils apprenaient surtout quoi demander à l'assistante sociale, quels papiers truander pour obtenir quelle aide, comment ne pas se faire avoir en cas de contrôle.

— Je compte pas chanter.

Nicolas zappait en l'écoutant, s'était arrêté sur une pub où une meuf apparemment toute dérangée éclairée dans les verts était à genoux devant un trou de serrure où elle matait un couple. Une imagerie déjà ringarde.

— T'as qu'à me dire cash ce que tu comptes faire, je suis mal barré pour deviner.

Derrière lui, Claudine avait mis une cassette dans le lecteur et, avant de l'enclencher, s'était expliquée :

— On va renvoyer tes sons à ma sœur, et elle posera sa voix dessus… comme une grosse merde.

— Ta sœur, elle chante ?

— Pas mal. Je vais te faire écouter.

— T'as un truc d'elle ?

Elle s'était tapoté la nuque, comme quand quelque chose l'emmerdait :

— Quand on a bossé, toi et moi, je lui avais envoyé ton truc… pour qu'elle me donne deux trois idées. Mais elle avait fait des plans compliqués que je ne pouvais pas repiquer, exprès. Je t'ai déjà dit comme elle est garce.

— T'aurais pu me faire écouter, qu'on…

— Non, elle chante trop bien, ça m'énerve. Mais bon, là, j'ai pas le choix.

Entre délicatesse et ambition, elle avait choisi depuis longtemps.

C'était la différence fondamentale, entre Claudine et le monde. Comme tout un chacun, elle était calculatrice, égoïste, médisante, mesquine, jalouse, impostrice et menteuse. Mais, de façon atypique, elle assumait le tout, sans cynisme, avec un naturel assez désarmant pour la rendre inattaquable. Quand on lui en faisait la remarque elle se tapotait la nuque, « ça va, je suis pas la

Sainte Vierge, je suis pas héroïque, je suis pas un exemple... je fais ce que je peux, c'est déjà ça ».

Elle avait appuyé sur *Play*.
Après écoute, il avait juste demandé :
— Y aura moyen qu'elle change les textes ?
— Oublie. Y a moyen de rien avec elle, elle est définitivement chiante.
— Et elle montera, pour le mixage ?
— Oublie. Elle déteste Paris. Et ça tombe bien : je déteste la voir.
— Vous vous ressemblez vraiment tant que ça ?
— Tu te souviens pas ? Je t'ai montré la photo.
— Mais même maintenant vous...
— On est jumelles, on se ressemble. C'est pourtant pas bien compliqué.
Alors, Nicolas avait admis :
— J'aime vraiment bien sa voix, y a moyen de faire de jolies choses...
— C'est le seul truc qu'elle est foutue de faire, chanter, heureusement pour elle qu'elle sait le faire.

Ensuite, et comme souvent, rien ne s'était passé comme prévu.

— Si c'est pas toi qui chantes, qu'est-ce que t'en as à foutre ? demandait Nicolas.
— Je ferai les clips, les interviews, les pho-

20

tos… alors je rencontrerai plein de monde et ensuite je ferai du cinéma.

— Et ta sœur dira rien ?

— Non, Pauline ne supporte personne, à part son petit ami et deux trois potes à elle. Ça m'étonnerait que ça la frustre de pas s'exhib sous les sunlights !

La bande remixée, Duvon l'avait trouvée pas mal, mais avec des modifications. Modifications faites, il y avait encore deux trois trucs qu'il voulait voir changés. À cette troisième étape il avait secoué la tête, très déçu, « c'est pas ça, c'est pas ça du tout… ».

À partir de ce moment, il était devenu injoignable au téléphone.

« Encore un truc qui foire », avait sobrement commenté Claudine.

Mais la cassette traînait, un gamin avait fini par rappeler.

« … Enfin, un gamin, il a bien tapé la trentaine, mais il était en bermuda… »

C'était il y a un an de ça, Nicolas et elle remontaient le long des quais, les arbres commençaient à faire vert, les filles sortaient leurs jambes qu'elles avaient déjà hâlées, et plein plein de gens promenaient des chiens…

— Il m'a dit « passe à mon bureau », je suis arrivée, j'ai eu le fou rire, un genre de placard tout dégueulasse avec des espèces de sales tox qui foutaient rien que toucher au fax. Et lui, en bermuda. Assez content de lui… Je te jure, dommage t'es pas venu t'aurais trop rigolé. Son label est pourri, que des groupes de crevards, ses locaux sont pourraves, il s'habille comme un naze, mais il est content de lui. On dirait qu'il a réussi quelque chose… si le but du jeu c'était se rater, pour sûr y a de quoi être fier… qui se ressemble s'assemble, tu me diras.

— Il va faire le disque, tu crois ?

— Il dit que oui… il a trouvé les textes « trop classe ». Je te jure dedans comme je rigolais, les textes… c'beubeu. Alors il me dit « je fais le disque », tout content que ça coûte pas cher et de pas savoir faire une promo… toujours est-il, j'ai signé son putain de torchon qu'il appelait un contrat, nous on a rien à perdre, hein ?

— Et t'as prévenu ta sœur ?

— Ouais, ouais. Elle connaissait la boîte du mec, elle connaît tous les trucs d'clochard… elle a dit que c'était cool, pour une fois qu'elle braille pas. Peut-être qu'elle va se suicider.

— Et elle sait que tu dis que c'est toi qui chantes ?

— Oui je lui ai dit. Elle est super-gentille avec moi, tu sais… Elle a dit : « N'hésite pas, avec tout le talent que t'as, faudra que t'usurpes souvent si tu veux qu'on s'intéresse à toi… »

— C'est vrai que c'est tendre.

— J'aimerais croire qu'elle a tort…

— Un petit coup de déprime ?

— Non, j'en ai rien à foutre. J'ai bien remarqué qu'il y avait rarement rapport entre talent et réussite. Je désespère pas.

— Et s'il y a des concerts ?

— Y en aura pas. Peut-être qu'il y aura des photos de moi à poil partout, mais y aura pas de concerts. Déjà, s'il arrive à sortir un CD, je serai épatée pour un moment… On se fait une terrasse ?

Quelqu'un joue de la guitare, à l'étage au-dessous. Accords graves s'étirant, background sonore répétitif et triste.

Claudine se plaint de douleurs à l'oreille, elle fait passer son Diantalvic au rosé d'Anjou. Elle est déjà bien partie. Elle marche pieds nus dans son appart, la plante est noire de crasse.

Assise un peu à l'écart, magazine ouvert sur la table, Pauline la regarde, dégoût. Bruit par la fenêtre, elle jette un œil. Camion de viande, une benne remplie de rose et blanc. Des madames discutent à côté, langue inconnue, elles portent des robes de majestés, couleurs d'été, et d'un seul coup éclatent d'un rire puissant qui n'en finit jamais.

Nicolas téléphone à un pote, sans inter-rompre son zapping. Défilent sur l'écran spor-tifs en nage, présentatrices zélées, mutines et décapantes, homme politique prudent, gamin blond dans une pub.

Assise à côté de lui, Claudine éventre une clope. Dès qu'il raccroche, elle lui demande :

— Alors ? Est-ce qu'il a sorti de grosses conneries ?

— Moins que d'hab. Je l'ai trouvé pas en forme. Il était drôlement déçu que tu veuilles pas lui parler.

— Strictement rien à lui dire.

— En tout cas, tu l'as bien accroché.

— Ils demandent que ça, tous. Bien ramasser, y a que ça qu'ils kiffent.

— Tu le trouvais trop classe y a quinze jours !

— Je me souviens. Mais je dois avoir une molécule, c'est pas possible, un truc qui rend complètement cave. Tu prends le type le plus à la coule de toute la ville, séduisant, drôle, large d'esprit, tu me le laisses une seule nuit et le lendemain c'est devenu une tare. Imparable.

À force, il connaît ses petites manigances de fille pas bienveillante. Qu'elle couche avec ou pas, l'homme reste son pire ennemi. Les premières fois qu'elle coince un mec, elle est gentille comme une nounou, entre deux pipes, vraiment sympa. Jusqu'au jour où elle disparaît, elle fait ce coup-là presque chaque fois, histoire qu'ils sentent comme ils y tiennent. Quand elle y retourne, c'est du sérieux, et les lascars se mettent à payer. Jusqu'au jour où ça ne suffit plus à Claudine, les cadeaux, les attentions, les preuves d'amour. Alors c'est la phase finale : elle s'arrange pour qu'ils apprennent non seulement qu'elle se fait tirer ailleurs, mais surtout combien elle aime ça. Elle laisse échapper, feignant un désarroi sincère, « si tu savais comme il me fait jouir ».

Nicolas tire sur le joint, tousse un peu, remarque :

— Je suis content qu'on couche pas ensemble.

Claudine s'empare de la télécommande et cherche une chaîne où il y a du clip, elle répond :

— Aucun mérite, je suis pas ton genre.

Son genre à lui, c'est mettre un point d'honneur à pas baiser les filles qui se trouvent belles. Juste pour les faire chier, celles qui croient avoir un don de séduction imparable. Il a compris ça fait longtemps qu'il est beau gosse, qu'il plaît beaucoup, sans pour autant bien saisir à quoi ça tient. Rien qu'il apprécie davantage que chauffer une pétasse impeccable, jusqu'à la sentir bien brûlante. Et ne pas la toucher. En revanche, il a un faible pour les physiques ingrats, ça l'émeut comme une injustice, il aime bien s'occuper de leur cas, leur dénicher ce qu'elles ont de bon. Au moins, il est sûr qu'il n'est pas le énième à les faire miauler à coups de reins.

Claudine se tourne vers sa sœur, lui tend le spliff.

— Tu fumes toujours pas?

Pauline fait un bref signe que non, sa jumelle regarde l'heure, ajoute :

— C'est bientôt temps...

L'autre ne prend même pas la peine de répondre. Elle continue de lire, Nicolas tourne la tête vers elle. Ça reste difficile pour lui d'admettre que cette bûcheuse sans éclat, le cheveu terne comme la peau et sapée comme un sac, avec du noir dans l'œil chaque fois qu'elle voit quelque chose, ressemble vraiment à Claudine.

Qui commente :

— Ça va, frangine, tu flippes pas trop?

— Qu'est-ce que ça peut bien te foutre?

— T'es restée drôlement drôle, aimable et rigolote, toi...

— J'ai pas la chance d'être une bouffonne.

Pleine maîtrise du dédain. Nicolas étouffe

25

un ricanement, cherche sa voisine du coude, convaincu qu'elle aussi va en rire, à quel point la sœur est commode. Mais Claudine ne saisit pas l'occasion pour se moquer doucement. Elle qui toujours se fout de tout, ou du moins donne bien le change, elle le prend mal cette fois, et sans chercher à camoufler. Elle déglutit péniblement, plisse les yeux, crache :

— T'as pas non plus la chance d'être bien humaine.

L'autre lève les yeux au ciel, petit sourire en coin, lâche :

— À ton stade de pathos, je peine sur l'empathie.

Quelques larmes coulent le long des joues de Claudine, elle ne les essuie même pas, à croire qu'elle ne les sent pas. Nicolas se creuse les méninges, comment intervenir avec tact et interrompre ce crescendo. En désespoir de cause, il se tourne vers la sœur, qu'elle arrête les frais. Pauline le capte, hausse les épaules :

— Elle a toujours été geignarde.

Ni l'une ni l'autre ne se sont plus adressé la parole. Nicolas zappe en faisant semblant d'être absorbé par un docu animalier. Quand il est temps d'y aller, Pauline se lève, se poste dans l'entrée, elle attend Nicolas. Il la toise, sans vouloir le croire :

— Tu comptes sortir comme t'es ?
— Oui. Je fais ça tous les jours.
— Faut que tu mettes des sapes à ta sœur !

— N'y compte pas trop, connard, je me travestis rarement en pétasse.

— Personne va jamais croire qu'elle ferait de la scène comme ça !

Lui qui la voit souvent, il ne l'a jamais vue ne serait-ce que pas maquillée. Même quand ils dorment au même endroit, elle s'arrange pour être debout first et passer par la salle de bains. C'est sans compter sa folie de sapes et le temps qu'elle passe pour mettre les bonnes...

— Figure-toi qu'on peut monter sur scène sans être sapée comme une Clodette.

— Tu connais un truc qui s'appelle « le juste milieu » ?

— Énorme truc de baltringue.

Il se tourne vers Claudine, escomptant du soutien. Elle se contente d'écarter les mains en signe d'impuissance :

— Insiste pas : c'est no way. Faut pas t'en faire pour ça, y aura pas de gens qui me connaissent, de toute façon, et ça leur fera comme si j'avais une crise de grungitude aiguë. Ça peut arriver à tout le monde, ça.

Avec un sourire forcé, sans aucune joie aucune. Elle les accompagne à la porte, Nicolas s'attarde sur le palier, espère toujours trouver un mot d'au revoir qui soulage l'atmosphère. Claudine le regarde à peine, murmure :

— T'inquiète, tout va bien se passer.

Voix blanche, en refermant la porte, sans le moindre signe de connivence.

Suivant Pauline dans l'escalier, il se met à la détester assez furieusement pour éprouver de la solidarité envers ces types qui coincent les filles au tournant et les forcent à chier dans leur petite culotte avant de les étouffer avec.

Rue Poulet, odeurs de boucherie, bestioles pas dépiautées sont pendues aux crochets. Étalages de drôles de légumes devant lesquels discutent des madames. Sur des capots de voiture, des femmes vendent des sous-vêtements à d'autres femmes gesticulant, éclatant de rire ou faisant des colères. Une vraie géante lève un string pour mieux le voir, dentelle noire étendue au soleil. Trottoirs jonchés de verres en carton broyés du KFC, papier d'emballage et boîtes vertes. Plus loin, un type vend des médocs, qu'il a dans un sac en plastique.

C'est pas très pratique d'avancer tellement il y a de monde sur le trottoir.

Accompagnée de Nicolas qui fait la gueule parce qu'elle n'a pas voulu se changer, Pauline se dirige vers le métro. Il lui fait signe que non, en désignant le trottoir d'en face, station de taxis.

— Je peux pas le prendre, je suis claustro. On va y aller en tax, c'est pas loin.

Elle lève les yeux au ciel, le suit sans commentaire. Ses malaises de petit con, « le métro qui m'angoisse », je t'en foutrais, tarlouzeries…

Son mépris évident, depuis qu'elle est arrivée, chaque regard porté était réprobateur, condescendant. Elle connaît tout, et elle juge cash. Ce qu'il aimerait ça, que plein de trucs dégueulasses lui arrivent, la pètent en deux et lui fassent bien comprendre que les autres font

28

ce qu'ils peuvent et qu'elle ne vaut pas mieux. Il n'y a que des circonstances. C'est trop facile d'être exemplaire tant qu'il n'y a aucune tentation.

Il la dévisage, son profil, et elles ont les mêmes traits. Ça ajoute à l'antipathie. Comme d'avoir volé quelque chose à Claudine, quelque chose de précieux, sa face.

Au coin de la rue, il y a toujours un camion, soit les keufs, soit Médecins du monde.

À huit heures, les portes de l'Élysée-Montmartre sont toujours fermées. Les balances ont pris du retard. Quelques videurs font des allers et retours dans l'escalier, ils prennent des mines préoccupées.

Le métro crache des gens à intervalles réguliers, qui s'agglutinent sur le trottoir, se rassemblent par groupes. Certains se reconnaissent et s'apostrophent comme s'ils s'étaient quittés la veille. Personne ne songe à se plaindre de cette attente imprévue et prolongée. Quelquefois, quelqu'un tourne la tête, trompé par un bruissement de foule, se hisse sur la pointe des pieds pour voir si «ça rentre», mais «ça ne rentre» toujours pas.

Une femme se taille un chemin au milieu des gens, méthode de crawl urbain, obstinée. Un videur l'écoute baratiner, qu'on l'attend pour une interview, la laisse sortir sa carte. Lui sort son talkie-walkie pour demander quoi faire d'elle. Il profite de l'attente pour bien mater son

29

décolleté. Pas vraiment que ça l'amuse, de lui regarder les nibards, c'est surtout de le faire aussi délibérément devant ses potes qui l'éclate. Dès qu'elle tournera les talons, ça leur fera un sujet de vannes.

Le lascar qui travaille avec lui évite de rencontrer son regard. Honte pour ce type qui épingle une femme comme ça, honte pour elle qui s'exhibe ainsi. Et honte de lui-même, parce que ses yeux ne peuvent s'en empêcher, ils jaillissent et se posent dessus. Chaque fois qu'il en voit une — et chaque fois qu'il bosse il en voit —, il se demande où elle peut bien vouloir en venir. Il la laisse passer, monter les marches qui mènent à la salle, pousser les portes et disparaître. Elle fouille la salle des yeux, à la recherche de quelqu'un qu'elle connaît.

Elle se dirige vers le catering. Et, s'approchant de la scène, elle reconnaît Claudine. «Mais cette salope s'est carrément fait un look de gouine… y en a que rien ne dégoûte.»

La journaliste gambade vers la scène, aux anges à l'idée de s'approcher et que Claudine vienne lui serrer la main. Pas qu'elle soit contente de la voir, elles se connaissent à peine et la pimbêche n'est guère aimable.

Nicolas l'intercepte en chemin.

— Laisse tomber, elle veut voir personne.

— Elle a déjà la grosse tête?

— Non, mais elle flippe… Ça va, toi, sinon?

Elle le bafferait. Et l'autre pute, là-haut sur sa scène, qui fait semblant de ne pas la voir en faisant celle qui sait chanter. Ça va, c'est pas le Zénith qu'ils viennent de remplir, c'est jamais qu'une première partie. Elle prend un air pas contrarié :

— Écoute, c'est con, je voulais vraiment un papier… Je peux l'interviewer, quand même, après les balances ?

— Pas aujourd'hui, elle est à cran, elle m'a demandé que personne l'approche. Tu sais, pour bien se concentrer… mais demain, si tu veux, elle t'appelle.

— Demain, j'ai peur que ça soit trop tard. Je serai trop à cran, tu vois…

Elle tourne les talons et va direct au bar commander un whisky. Colère méprisante, « qu'est-ce que c'est que ces salamalecs ? elle veut qu'on parle d'elle ou elle veut crever dans sa merde ? elle a pas vendu mille disques et ça la met dans cet état… ». Mais elle sait très bien que quand on a des intérêts en commun, entre faiseurs et journalistes, on s'assoit tous sur bien des choses…

Nicolas la regarde s'éloigner. Pour le moment, personne ne se doute de rien. C'est une situation d'un absurde jusqu'alors réservé aux rêves.

Tout à l'heure, le label manager a rusé pour approcher Claudine-Pauline. Il s'est mis à la féliciter longuement « pour ce disque, tout le monde en est fou, je suis tellement content de l'avoir fait ». Nicolas, à côté, son cœur lui dégommait la poitrine, envisageait de faire diversion en le jetant par terre. Mais Pauline s'en est bien tirée, rétorquant, calme et sèche : « Ferme ta grande gueule, je veux plus t'entendre. »

Plutôt qu'être furieux, Bermuda est devenu rouge-bredouillant, parfaitement heureux. «Oh dis donc, elle en a, hein, quand elle veut quelque chose, elle...» sur un ton très admiratif qu'il n'avait jamais eu du temps de la vraie Claudine, qui faisait effort pour être aimable.

Nicolas traverse toute la salle, va expliquer pour la troisième fois au mec à la table du son que ça n'a pas de sens de mettre la voix autant en avant.

Il y a trois heures de ça, il n'imaginait pas qu'il ferait tous ces allers et retours parce que les sub-basses ceci ou que l'équalisation cela.

Pauline s'est juste pointée sur scène, mains croisées dans le dos et yeux rivés au sol, elle a commencé à chanter.

Raide, pas souriante et sapée comme une saloperie, elle est devenue très digne. Métamorphose tranquille, impressionnant à voir. On dirait que ça lui vient de loin, ces choses qu'elle sort, imperturbable.

Nicolas grimpe sur la scène, «c'est bon, dans les retours?». Il enrobe le micro d'un genre de tissu, précautionneusement. Puis s'écarte et lui demande de refaire un essai. «On peut envoyer encore un morceau?» Au passage il s'engueule avec un type de l'organisation qui veut arrêter la balance tout de suite sous prétexte qu'ils sont à la bourre.

Il speede régler un dernier truc, jacks emmêlés partout, la salle vide, se mettre exactement où il faut pour entendre tous les sons, comme il aime le crachotement des façades, les potards, lumières rouges, régler la perche du micro, les

32

gars qui s'agrippent aux structures pour tourner un dernier projo...

Comme quelque chose dont on ne rêvait même plus, pour s'éviter le goût âcre-réveil.

Le type de la salle devient franchement désagréable. Il va falloir ouvrir les portes et que le concert commence.

Nicolas rejoint Pauline sur le bord de la scène, remarque que ses mains tremblent. Il demande :

— Je vais juste sortir acheter des clopes, j'en ai plus. Tu viens avec moi ?

Elle fait non de la tête, redevient aussitôt « à claquer ». N'empêche qu'il est soulagé qu'elle refuse, parce qu'il veut surtout appeler Claudine d'un coin tranquille. La rassurer, dire que tout se passe bien. Et puis une sorte de culpabilité, ce plaisir qu'il vient de prendre à s'occuper des balances, comme pactisant avec l'ennemi.

— Tu veux quelque chose ?

— Me tirer loin de tous ces bouffons.

Impossible de comprendre d'où lui vient cette colère. Personne lui a parlé, personne lui a rien fait. Mais c'est pas simulé, elle a l'air toute hors d'elle.

— Tu m'attends dans les loges ?

— Non, je vais m'enfermer dans les chiottes. Comme ça personne me parle. Passe me prendre quand tu reviens, je serai dans celui qui est tout à droite en entrant.

— Ça va, Pauline, t'as pas trop le trac ?

Elle prend le temps de le dévisager, glaciale :

— Oublie pas qu'on n'est pas des potes.

Pour ce qui est de la petite poussée de culpabilité à avoir aimé travailler avec elle, ça le soulage d'un seul coup. Saleté de folle.

Les choses dans l'appartement sont recouvertes d'une minuscule couche visqueuse. Claudine se lave les mains, la serviette pour les essuyer semble grasse, elle aussi. Ça arrive, certains jours.

Soleil, Xanax, enveloppée d'un calme un peu absurde, et qui fait transpirer doucement, torse et dos moites. Les yeux se ferment, sont lourds dessous.

Nicolas vient d'appeler : tout se passe bien. Rien d'étonnant. Pauline a toujours fait comme ça : réussir tout ce qu'elle entreprend. Elle peut jouer les caractérielles, faire celle que ça soûle de monter sur scène. Elle sait que sa voix est magnifique, elle a envie que tout le monde l'apprenne. Alors elle fera un bon concert, même si c'est son tout premier.

Cuisine. Café qui monte, gargouille en crescendo. Le joint est pété alors ça bulle marron clair à la jonction. Il faudrait changer la cafetière, Claudine n'y pense jamais. En se faisant la réflexion, léger pincement au cœur, puisque ça n'a plus de sens. La peur ne lui fait pas grand-chose, juste une légère trace amère.

Elle en renverse à côté, passe l'éponge un peu noire d'être mal rincée. Les choses de la maison, elle s'en fout, par principe : ne pas faire comme sa mère.

34

N'y va pas, je t'en supplie, n'y va pas, y a des choses dans la vie qu'on ne fait pas, n'y va pas...

Fenêtre ouverte en face, la rue fait comme une caisse de résonance, Claudine entend la chanson comme si elle l'écoutait chez elle.

Attaques précises et déchireuses, c'est les mêmes prises de tête que tous ces derniers jours, mais plus ça tape et moins c'est supportable.

Tache rose des rideaux, le soleil qui s'en va. Des voix en bas vont en s'énervant. Réflexe, elle se penche pour voir ce que c'est.

Un homme, dos à la devanture de la boucherie, deux hommes et une femme lui font face. C'est elle qui parle, elle est furieuse, cheveux couverts, robe rose qui descend jusqu'aux chevilles. Les deux hommes avec elle hochent la tête pour dire qu'ils désapprouvent ce que le troisième a fait. Impossible de savoir exactement de quoi il s'agit, ils ne parlent pas français. On les voit mal de loin, mais l'homme dos contre le rideau de fer n'a pas l'air d'avoir peur.

Des fleurs ont poussé ces temps-ci, en quelques jours, accrochées à d'autres fenêtres.

Son souffle se raccourcit, se désordonne si elle n'y prend pas garde.

Combien de temps, encore, à ce que ça soit comme c'est ?

La roue tourne pas, c'est des conneries.

Sur une table, photo d'elle et de Pauline. Elles ont neuf ans, c'est la seule photo où elles figurent ensemble et sont habillées pareil. On dirait un bête trucage, comme un miroir caché reflétant un visage. Les deux reines d'une même carte.

Elle sent cette montée formidable, qui la traverse de temps à autre. Colère, et elle exige de revenir en arrière pour demander des comptes.

Le père qui répétait : « Elles se ressemblent bien un peu mais elles ne se ressemblent pas du tout », en coulant sur Claudine un regard entendu. Soi-disant qu'il n'en parlait pas devant elle, pour ne pas la blesser, soi-disant qu'il prenait bien des précautions, parce qu'elle n'y pouvait rien. Elle était celle des deux qui n'était pas très futée, franchement, pas bien dégourdie.

Parfois le père recevait des amis, il appelait les deux filles. Messes basses, pour ne pas qu'elles entendent, comme si elles ignoraient quoi que ce soit. Puis il les questionnait, pour démontrer en public combien Pauline était studieuse, maligne, coquine, et tellement éveillée. À côté d'elle, la sœur, qui n'y comprenait jamais rien. Sa tête faisait mal son boulot, n'associait jamais rien à rien, ne transportait pas l'information voulue. Fourrée de honte devant des inconnus, il fallait desserrer les dents, dire quelque chose, si elle ne disait rien le père se penchait vers les autres adultes, disait quelque chose de méchant, de dévalorisant.

Et la mère, cette salope, plutôt que défendre sa fille, plutôt qu'empêcher ça, l'emmenait se coucher illico, excédée de la voir si stupide. Le lendemain, pour la consoler, elle passait la main sur son front, « c'est pas de ta faute, mon ange… chez les jumeaux, il y en a toujours un qui récupère les tares… mon pauvre ange, toi, t'y peux rien ».

Le ventre de la mère n'était pas encore rond.

Elle venait juste d'apprendre qu'elle en attendait deux.

À cette même époque, le père était fou de rage. Depuis le début de l'année la mère travaillait, comme lui, en tant que professeur dans un collège.

Jusqu'alors tout avait été clair, facilement résumable : il avait épousé une conne, godiche et sans éclat.

Bien sûr, il y avait eu les semaines de rencontre, où le père se penchait sur elle, « tu es tout mon bonheur », et l'embrassait sans cesse, trouvait des compliments comme des bonbons sucrés, glissait des choses grivoises sans se rassasier d'elle...

Et puis doucement, comme s'il ouvrait les yeux, elle était devenue cette pauvre chose. Incapable. Il ne la quittait pas, il ne la trompait pas. Il ne se lassait pas de la regarder mal faire chaque chose qu'elle entreprenait. Il ne se lassait pas de la regarder mal s'habiller, lui qui aimait tant l'élégance. De l'écouter mal parler, lui qui aimait tant les choses de l'esprit. Chaque geste qu'elle faisait était reprochable. Jusqu'à sa façon de rincer une éponge, de décrocher un téléphone, de porter une jupe.

Il ne se lassait pas de tant de pathétisme. Et se plaignait lui-même, s'enticher d'une telle femme. Et sans jamais lever la main sur elle il y allait de toute sa violence, tout son esprit concentré pour la dénigrer.

Jusqu'à ce qu'elle verse une larme, il ne la lâchait pas. Et dès les yeux mouillés, la fureur commençait : comment osait-elle se plaindre ?

et qu'est-ce qu'elle savait de la douleur, la bien brûlante comme il avait, lui ?

De la même façon qu'il exigeait toute la place dans le lit, sa détresse à lui exigeait toute la place. Il était le plus, par principe. Le plus écorché, le plus sensible, le plus doué d'émotions, le plus raisonnable. Celui des deux qui compte, celui qui est au centre.

Elle n'avait le droit que de l'écouter, car il aimait parler des heures. Elle avait devoir d'écouter, même si ses mots la mangeaient crue à force de sous-entendre qu'elle ne valait rien, même si ses mots l'asphyxiaient à force de ne lui laisser aucun espace.

Et la mère laissait faire, et se rendait malade, comme une femme, en silence. Le corps bouffé par plaques, qui ne disparaissaient jamais complètement, vomissant, attentive à ne pas faire de bruit, le sommeil bousillé la nuit nouait sa gorge. Mais surtout ne pas se plaindre, parce qu'il souffrait tellement. Ses histoires à côté, c'était que de la camelote, rien que de la frime de spleen, pour qui elle se prenait...

Un jour, elle s'était mise à enseigner, comme lui, dans le même collège. Et en une seule année, tout avait basculé.

La mère s'était révélée une bonne professeur, en tout cas parfaitement capable de tenir les mômes pendant les heures de cours.

Lui avait toujours été plutôt médiocre, ni aimé, ni craint, n'intéressant personne, surtout pas ses élèves qui rigolaient qu'il boive, au lieu de saisir la beauté désespérée du geste, ils saisissaient son haleine au bond et s'en servaient pour se foutre de lui.

C'est ainsi qu'un jour la mère, corrigeant des copies, fut interrompue par le père qui, penché sur son épaule, donna son avis sur une annotation qu'elle venait de faire. Sans même relever la tête, sourcils froncés, concentrée, elle répondit « excuse-moi, mais je crois savoir ce que je fais ».

La colère du père fut terrible, il chercha dans un premier temps à la faire s'excuser, mais comme elle s'obstinait il se mit à casser des choses et à l'insulter comme il ne l'avait encore jamais fait..., l'idée qu'elle puisse penser lui résister lui était intolérable, qu'elle puisse puiser quelque part la force de croire en elle-même, malgré lui.

La rage de l'impuissance, comme un caprice d'enfant, le saisit ce soir-là et pour la première fois il passa des menaces à l'action et se mit à tout casser jusqu'à ce qu'elle le supplie, de la peur plein les yeux, qu'elle abandonne la première.

La mère quitta l'enseignement, bouleversée de lui avoir fait tant de mal pour un boulot qui après tout ne l'intéressait pas tant que ça.

Mais le père ne décoléra pas. De ce jour, lui qui toujours se sentait venir et lui éjaculait sur le ventre parce qu'il était trop jeune pour faire un enfant, et qu'il n'était pas sûr — loin de là — de vouloir le faire avec elle, se mit à la fourrer comme on clouerait au sol, jusqu'au bout dedans elle pour qu'elle ait un gros ventre et pour qu'elle reste là.

Mais à peine engrossée, la mère recommença à prendre du grade, et des aises avec lui. Soi-disant qu'elle savait mieux que lui certaines choses sur son état «parce que je suis une femme», répondait-elle en haussant les épaules. La mère proposa qu'on appelle les jumelles Colette et Claudine, le père s'y opposa ferme-ment, elle ne céda pas.

«Alors on décide chacun d'une.»

Ainsi fut fait, le ventre déchiré en deux.

La salle se remplit. La fouille à l'entrée régule le flot des gens, les videurs jettent un œil dans les sacs, font écarter les blousons. Ne servent à rien, en fait, mais font partie du rite.

En haut de l'escalier, les gens se rencontrent et papotent, font circuler les rumeurs et leurs avis sur ce qui se passe. Version foncedée d'une réunion mondaine, la plupart d'entre eux sont surlookés, décolorés piercés tatoués édentés cicatrisés haut-talonnés.

Nicolas passe au milieu d'eux en se donnant une allure de mec pressé préoccupé, parce qu'il n'a pas envie de reconnaître d'anciens potes. Ça lui met trop le coup de bleu, chaque fois, trop ressentir ce que c'est que vieillir quand il retrouve de vieux visages. Déjà un peu abîmés, flétris, déjà la fatigue qui s'installe, et puis l'ai-greur souvent en prime, qui éteint ce qui restait de regard.

Pendant ce temps, Pauline, assise tout habil-lée sur la cuvette des chiottes, fume clope sur clope. Regret d'être là. Ce moment, elle le rêve depuis très longtemps. Mais rien à voir avec ça. C'était son propre nom, Sébastien était là, en coulisse, fier d'elle en l'entendant. Et c'était pas devant des gamins idiots, venus se faire sodomiser l'âme, prêts à ingurgiter n'importe quelle marchandise subversive pourvu qu'on leur fasse croire que ça leur donne un petit surplus d'identité.

C'est surtout : Sébastien lui manque.

Poitrine gênée par le manque, elle évoque et égrène les meilleures choses de lui, comme un petit tube interne qui défilerait en boucle.

La première fois qu'elle l'a vu, elle s'en foutait un peu de lui, il avait quelque chose d'idiot.

Plus vieux qu'elle, il avait sa voiture, il la ramenait jusque chez elle.

Il y a eu ce jour-là : il l'a ramenée devant sa porte et, assis sur le capot de sa caisse, s'est mis à lui dire des blagues. Claudine est arrivée, elle lui a fait son numéro. Et quand elle s'est éloignée, Seb a juste décrété : « C'est drôle de vous voir toutes les deux. Elle est drôlement jolie ta sœur. Mais elle n'a pas ce que t'as. »

Il n'était ni troublé, ni émoustillé : il était le premier garçon qu'elle voyait à s'en foutre, des charmes de la sœur. À la préférer, elle. Alors, dans ses bras, se rendre compte qu'il est le monde à lui tout seul. Et depuis, rien, jamais, n'a desserré l'étreinte.

Jusqu'à ce jour de mars, elle l'attendait, un soir, agacée de son retard. Ils devaient sortir voir un film et lui ça lui disait moyen, alors elle s'énervait en regardant l'heure, persuadée qu'il le faisait exprès. Jusqu'à ce que la nuit tombe, et l'inquiétude commence.

Et le téléphone sonne, l'avocat qui l'appelle, sur sa demande à lui, il s'est fait pécho le matin même, au poste on l'appelle « la grosse prise », il passera tantôt en jugement, il ne sait pas combien il risque, il ne peut rien lui répondre, ça dépend de qui il donne ou pas. L'avocat a du tact, une politesse distante, mais s'en fout complètement, juste un service qu'il rend : prévenir la femme d'un de ses clients.

Cassure nette, tout est suspendu.

De l'autre côté de la porte, des gens du catering s'agitent et parlent entre eux :

— Il m'énerve, ce groupe, ils sont toujours à se mettre à la mode.

Une autre voix, ailleurs :

— Quand c'est des Américains qui font ça, tout le monde trouve ça trop « cute », mais si c'est des Français, ça fait plus rire personne.

Ton agressif, entre gens qui ont déjà bu, cherchent à se convaincre sans se séduire, conversations stériles qui font des mosaïques de sens. C'est d'autre chose que chacun parle. En ex-enfant malheureux investissant chaque occasion, des fois qu'à force d'affirmer quelque chose autre chose sorte, petits bouts de gâteaux empoisonnés qu'on aimerait recracher quelque part.

Deux filles traînent un peu au lavabo, elle les entend discuter. Probable qu'elles se lavent les mains, se remaquillent, se recoiffent. L'une dit :

— 200 000 d'avance, c'est pas rien...

— Mais c'est de l'argent pour eux ou c'est pour du matos ?

— C'est pour eux, pour les décider à signer là plutôt qu'ailleurs. C'est une avance sur ce que le label escompte qu'ils vendent.

— 200 000 ! Tu vas avoir moins de soucis, d'un coup.

— J'espère bien...

— Depuis le temps que c'est toi qui trimes, faudrait qu'il ait pas honte.

— C'est bien son genre, pas avoir honte. Tu devineras jamais ce qu'il m'a dit... Il compte me donner 2 000 balles par mois, pour les factures.

— Non ?

— Tu parles, c'est un gamin, ce mec, il a pas encore compris que lui aussi il pouvait payer le loyer. Pour lui, la tune, c'est de l'argent de poche, c'est pour payer ses jouets. Faut dire, peut-être que je l'ai trop laissé prendre des habitudes.

— Quand même, sur 200 000, faut être radin pour lâcher que 2 000 balles.

Elles ressortent. Puis la voix de Nicolas :

— Tu es là ?

Et dès qu'elle ouvre sa porte il lui dit de l'attendre cinq secondes. En même temps qu'il pisse il demande :

— C'est le trac, ça me fait pisser toutes les cinq minutes. Ça te fait pas ça, à toi ?

C'est seulement à cet instant qu'elle nomme

ce qu'elle ressent : panique et peur, c'est la même qu'en haut du plongeoir le plus élevé. Cette émotion pleine dedans elle, nervosité mêlée d'atroces envies d'être ailleurs, faire machine arrière. Et mélangée à l'impatience aussi, sentir l'effet que ça fera.

Pauline le suit dans les couloirs, l'interroge, pensive :
— C'est vrai que ça se peut qu'on te donne 200 000 francs d'avance pour faire un disque ?
— Ça se peut, mais c'est pas à tout le monde que ça arrive.
— Il faut être déjà connu ?
— Ouais. Ou les faire tous kiffer, grave.

Elle est à trois pas de la scène, là où il n'y a plus de lumière. Premiers rangs du public, gens amassés debout discutant, bouts rouges des clopes, brouhaha. Deux types du son s'agitent encore sur scène, l'un d'eux gaffe un dernier truc, un autre bouge un peu les retours. Elle ne sent plus ses jambes, plus rien que sa gorge, c'est comme un gouffre dedans, elle ne veut pas y aller. Elle crève d'envie d'y être, elle en tremble, tous ses membres.

Quelqu'un lui dit qu'il faut y aller. C'est un autre temps, sans conscience de rien, un moment où hypnotisée elle fait les choses, mise en automatique.

La scène plongée dans le noir, les gens en bas forment comme une coulée de visages, traversée d'un bruissement quand elle monte.

Elle ne pourra jamais le faire. Ni même bouger d'un pouce, ni même ouvrir la bouche. Projecteurs sur elle, aveuglée, et le morceau démarre. Elle a le temps de penser «j'aurai oublié les paroles et ma voix ne sortira jamais».

Elle a honte d'être là et que tout le monde la voie. Elle se sent ridicule, humiliée, exhibée. Et n'ayant absolument rien à foutre là, plantée là, sous les regards de tous. Et comment mettre ses bras et comment mettre ses jambes et comment disparaître, ne pas avoir à faire ça.

Nicolas la regarde, il est dans l'ombre dans le fond de la scène, envoie ses sons, flippe un peu que quelque chose déconne mais rien ne déconne.

Ça se voit qu'elle est mal à l'aise, empotée. La plupart des gens dans la salle n'essaient même pas de l'écouter, ils discutent, attendent le vrai groupe. Quelques visages, au premier rang, sont attentifs, des têtes qui remuent un peu. C'est déjà ça.

Cette voix qu'elle a, quand même, putain d'engrainante, pas une question de bien la poser, c'est plutôt affaire d'envolée.

Pauline et Nicolas rentrent à pied. Les trottoirs entre Pigalle et Barbès ne désemplissent pas, lumières des devantures, un tas de gens. Certains vont aux putes, d'autres boire un coup, d'autres au concert, au cinéma, visiter quelqu'un, manger quelque part..., toutes sortes de gens faisant toutes sortes de choses, comme un vaste échangeur et c'est chacun ses rails...

Nicolas a pas mal bu juste après le concert, c'était comme un choc en retour, besoin de se défouler. Du monde autour de lui, l'alpaguant en backstage, bruissement des compliments, certains étaient sincères. Pauline l'attendait, à nouveau bouclée dans ses chiottes. Il disait « je sais pas où elle est passée », et tellement de gens voulaient la voir, qui dégueulaient de choses flatteuses. Certains insistaient plus que d'autres, qui tenaient à les présenter à un tel ou un tel, à faire les bons intermédiaires. Il n'arrivait plus à partir, moisson de cartes de visite et numéros griffonnés sur des paquets de clopes. Petit succès. Étourdissant.

Il a proposé à Pauline qu'ils remontent à pied, besoin de l'air encore un peu frais du soir, c'est la limite entre les deux saisons. Il lui parle sur le chemin, machinalement.

Elle n'a pas dit un mot depuis qu'elle a quitté la scène. Même pas un petit quelque chose de très désagréable.

Ils tournent sur le boulevard Barbès, la rue se vide, quand même. À droite, c'est la Goutte-d'Or, comme une sorte de gouffre.

Des sirènes de pompiers se font entendre au loin, se rapprochent, boucan.

Nicolas commente :

— Ça a l'air d'être dans le coin que les pompiers viennent... Peut-être qu'il y a encore un mort. L'été dernier, un type s'est pris un coup de couteau, pile en dessous de la fenêtre de chez Claudine. Ils ont bloqué la rue, comme dans un film américain, et ils ont dessiné le corps à la craie, par terre. Ça faisait bizarre, quand même... C'était la fenêtre, pas la télé. Ils ont trafiqué deux trois trucs, et puis ils ont ôté les cordons et en un clin d'œil les gens ont recouvert la rue. On aurait dit la vie se refermant sur le mort.

Au bout de la rue Poulet, il y a un rassemblement.

— Carrément, c'est dans la rue !

Il accélère le pas, émoustillé et dépité quand même :

— J'espère que c'est pas un mort...

Pauline l'écoute blablater, trouve qu'il fait trop l'ancien de l'asphalte pour que ça sonne vrai.

Ils arrivent à destination, bande plastique blanc et orange tendue entre eux et la porte d'entrée.

Nicolas lève la tête, cherche Claudine à sa fenêtre :

— Ah, elle y est pas... Ça m'étonne d'elle, dans le genre concierge, ici elle est comblée...

Il fait signe à un type en uniforme :

— Excusez-moi mais on habite juste là, on peut passer ?

— Vous avez des papiers ?

— Non. C'est qu'on pensait pas avoir besoin de les prendre pour pouvoir rentrer chez nous... Mais il y a quelqu'un qui nous attend, qui peut...

Pauline a écarté les gens, s'est arrêtée au ruban, elle tourne la tête vers Nicolas :

— Elle va rien pouvoir du tout.

Il comprend aussitôt, le prend dans l'estomac. Un des keufs dévisage Pauline, spécule finement :

— Vous êtes de sa famille, non ? Toutes mes condoléances.

Bêtement, Nicolas se fait la réflexion qu'il est bien le seul pour qui la ressemblance n'est pas frappante. Elle hésite, devrait répondre la vérité mais, sortant du concert où elle devait être l'autre, elle ne sait plus quoi faire. Sa confusion passe pour de la peine. Le keuf soulève le ruban, lui fait signe de passer, lui annonce :

— Elle a sauté. Plusieurs voisins disent qu'ils l'ont vue.

Un homme lui demande son nom, elle dit :

— Je suis Claudine Leusmaurt.

Nicolas sursaute avec un peu de retard, voudrait intervenir mais elle a pris les devants :

— C'est moi qui habite là. Ma sœur est arrivée aujourd'hui, on ne se voyait presque jamais. C'est bête à dire, mais... j'aurais pu me douter.

Le bonhomme qui pose des questions griffonne des trucs sur un carnet. Il fait pareil qu'il a vu faire dans pas mal de films, il a repris des gestes et attitudes qui lui semblent convenir pour l'occasion. Sauf que ça se voit qu'il s'emmerde ferme, rien qu'à penser aux papiers qu'il aura à remplir. Il renifle, demande :

— Elle était seule là-haut ?

— Oui, je viens de donner un concert. Elle n'aimait pas la foule, elle n'a pas voulu venir.

Elle ne ressent aucune émotion, à part une sorte d'hostilité, « faut toujours qu'elle fasse chier », mêlée d'un remords joyeux, c'est la troisième fois qu'elle souhaite que quelqu'un crève et ça finit par arriver : d'abord la mère, puis le père, enfin Claudine. C'est un trou vide tout autour d'elle, ceux qui devaient payer se sont acquittés de leur dette.

C'est bizarre de voir le salon tout rempli d'étrangers affairés à des trucs. D'un seul coup ça le transforme en décor, un endroit normal mis sur pause et ça trafique dans tous les sens.

Un type qui doit être inspecteur essaie de faire parler Nicolas mais il est penché par la fenêtre, il ne pipe pas un mot. Pauline est assise sur une chaise, elle intervient :

— Il est très émotif, ça doit être l'état de choc.

Elle se lève et le tire par le bras :

— Rentre chez toi.

Elle prend sa main, la serre à la broyer et fixe ses yeux sur lui. Pour la toute première fois depuis qu'elle est arrivée, elle plonge cash dedans lui, il sent comme du métal. Sa poigne et le regard, tout est autorité. Elle demande :

— Tu me téléphoneras, demain ?

Elle attend qu'il s'éloigne.

Puis, à l'inspecteur :

— Il ne la connaissait pas du tout. Elle n'habite pas Paris, foutez-lui la paix et laissez-le partir.

— Vous pouvez dire « elle n'habitait pas Paris », maintenant.

— Mais t'es vraiment plein de tact, gros connard.

Il vient de la lancer, elle connaît ce genre de situation, quand ça lui donne envie de brailler :

— Bâtard de ta race, enculé, ma sœur vient de sauter par la fenêtre et toi t'es là comme un bouffon à venir faire chier jusque chez moi ? Mais qu'est-ce que t'as dans le sac comme putain de merde compacte pour être aussi débile ?

Après qu'elle a hurlé, il y a un léger flottement. Les personnes présentes ont l'air fatigué, et ne doivent pas apprécier le collègue parce qu'elles se rangent plutôt de son côté, trouvent qu'il faut la comprendre.

Ils laissent repartir Nicolas.

Elle récapitule, les choses auxquelles elle doit faire attention pour ne pas se couper et pas se trahir. Maintenant qu'elle est devenue Claudine, ne pas commettre une seule bévue.

Il est rentré chez lui, son dix-huit mètres carrés. Il s'est assis dans le fauteuil qu'il déplie pour dormir. A mis son casque et un disque. Toujours estomaqué.

La stupéfiante banalité du drame s'abattant quelque part. Cette efficacité tranchant une vie en deux. Quelques secondes suffisent, ensuite ça tient en une seule phrase, et voilà : tout s'est écroulé.

Pas pleuré depuis tout petit, il aimerait bien que ça monte, ce soir. Il ne sait pas ce que ça lui ferait, mais comme tout ce dont il est privé il s'en fait une idée splendide.

Il reste immobile, laisse les idées le traverser. Elles vont et viennent, émotions écorchantes, au gré de leur fantaisie. Sans qu'il ait la force de chercher ni à les ordonner, ni à s'en défendre.

Il se sent formidablement coupable. De ne pas avoir deviné. Pour une fois qu'elle se laissait voir, il a remis ça à un autre jour.

Il sent déjà, il est sûr qu'il s'en voudra longtemps d'avoir tant aimé cette soirée. Et quand ils sont rentrés à pied, il s'en souvient très bien, quelque part dans sa tête il réfléchissait à l'attitude à adopter, comment raconter à Claudine le concert, penser à gommer certaines choses, pour ne pas la blesser.

Mais surtout regrettant de ne pas avoir emmené Claudine faire un tour n'importe où, quelque part au calme, là où laisser s'éloigner et s'éteindre l'inquiétude. Se reprochant de ne pas en avoir les moyens, «viens, on prend un train, on se tire, je crois que t'as besoin de repos».

Il y a une pensée qui lui trotte, répugnante et très déplacée, mais qui revient régulièrement, un regret nauséeux : pourquoi ne m'a-t-elle pas laissé de lettre ? Et qui veut dire aussi : pourquoi ne m'a-t-elle pas attendu, laissé une chance de l'épauler ? Est-ce qu'il ne comptait pas du tout, ne pesait d'aucun poids, ne changeait rien de notable à la tristesse ambiante ?

Il se doutait depuis des semaines, derrière les restes d'agitation, de quelque chose de guère regardable. Il avait parfaitement remarqué l'accélération du mal chez elle. Il ne s'était pas senti le courage de s'en mêler. Il croyait que ça descendrait tout seul, comme ça le fait souvent. Démon retombe dans son sommeil. Il voit une sorte d'oiseau rouge et feu, avec un bec doré, qui lui déchirait la poitrine et cette nuit-là a exigé qu'elle se donne entièrement à lui.

Est-ce que c'était obligé, inscrit quelque part ce qui doit précisément arriver ? Ou bien c'est trois fois rien, il aurait suffi d'un bruit en face, d'un coup de fil, d'un type qu'elle aime à la télé et le moment serait passé, serait resté comme les autres.

Est-ce qu'elle a eu le temps de regretter, la seconde après l'avoir fait, de vouloir se raccrocher, nier l'évidence à toute vigueur et croire encore qu'on va survivre ? Est-ce que sa vie s'est étalée en un seul bloc au-dessous d'elle, tout en même temps apparaissant et dessinant ce qu'elle était ?

Elle a dormi toute la journée, beaucoup de bruits dehors qui se mêlent au sommeil. Réveillée par une engueulade, elle s'est levée, groggy, a jeté un œil dans la rue. Un homme voulant frapper une femme qui tenait un gamin dans ses bras, elle l'insultait en évitant ses coups, puis s'est éloignée en courant, le môme pleurait en tendant ses bras vers le père. Retournée se coucher. L'odeur des draps l'écœurait très vaguement. Le soleil venait cogner contre ses paupières closes. Le téléphone dans la pièce d'à côté a sonné très régulièrement, des tentacules de voix entrent par le répondeur.

Puis le jour ne filtrait plus à travers les doubles rideaux, elle s'est levée pour manger quelque chose.

52

Sourde et pure hostilité. Claudine s'est toujours arrangée pour faire vraiment chier le monde. N'importe quelle magouille envisageable, pour attirer l'attention. Ce qui s'est passé ce soir-là, c'est qu'elle était tellement écœurée de ne pas être celle sous les sunlights qu'elle a préféré passer par la fenêtre. Malade de jalousie et toujours à se faire remarquer.

Toute la nuit a été pénible, beaucoup d'étrangers à berner. État second, prétendant qu'elle était Claudine, sorte de réflexe blanc. Et elle se répétait « cette sale conne qui croyait me piéger, mais elle me rend un fier service ».

Parce que ça l'arrange bien, de se faire passer pour sa sœur, le temps de signer un contrat de disque. Cette histoire d'à-valoir lui a trotté en tête depuis. Elle va en toucher un énorme, et se barrer avec le magot. Ça s'est mis en place petit à petit, une terrible assurance. L'autre connaît du monde, elle va se servir de son répertoire et régler l'histoire en un mois. Avant que Sébastien sorte, elle aura touché un pactole et ils partiront super-loin d'ici.

Elle se retrouve seule comme une conne dans cet appartement. Et seule comme ça pour la toute première fois. C'est comme d'avoir été soûle et avoir fait une grosse connerie.

Des affaires laissées là, partout… Livres ouverts à côté du lit, stylos, rouges à lèvres, verres pas rincés, alcool durci au fond, des pulls, un rouleau de sopalin, boîte à café, paquets de clopes vides…

Dans un coin du salon, il y a tout un mur de

Marilyn Monroe. Dans toutes les poses, à tous les âges, sous tous les angles, des Marilyn sourient, se tendent vers l'objectif, veulent quelque chose, on ne sait pas quoi, donnent l'essentiel, un elle-même qui n'existe pas. La veille encore, découvrant l'assemblage monstrueux des clichés de la blonde s'exhibant, Pauline s'était sentie tristement indignée, puérilités de pétasse incapable de comprendre qu'on ne trouve rien là où elle cherche.

Aujourd'hui, seule dans l'appartement inconnu, elle pense à arracher toutes les photos, à mettre un peu d'ordre dans ce chaos pathétique. Mais la sœur n'est plus là et ça n'a aucun sens. Comme beaucoup d'autres choses, qui lui sont spontanées, brusquement dépouillées de leur évidence.

L'équilibre est à revoir. Elle était construite en face de l'autre, pareil qu'une force s'exerçant contre une autre. En tête, elle s'en fait une image claire : deux petites bonnes femmes dans une boule, chacune poussant du front le front de l'autre. Si on ôte une des deux petites bonnes femmes, l'autre aussitôt bascule en avant, tombe dans ce qui était le domaine de l'autre. Un vide, un gouffre qui s'est fait en elle, en une seule nuit tout a bougé.

Bruit dehors, elle se met à la fenêtre. Depuis qu'elle est rentrée, la rue l'attire toutes les dix minutes, omniprésence du dehors. Là, c'est un gamin qui court, slalome entre les gens, deux keufs cavalent après. Gendarmes et voleurs. Les passants se figent, suivent l'action. Puis le trio revient, sens inverse, menottes aux poignets, encadré.

Le jour où ils ont arrêté Sébastien, est-ce qu'ils l'ont fait défiler comme ça, au milieu de tout le monde, attrapé ?

Il n'y a pas qu'elle à sa fenêtre, tout le long du parcours, gens penchés qui observent et personne n'intervient, quoi qu'il se passe.

Pour s'occuper, elle met de la musique et danse. Depuis toujours elle fait comme ça, des danses savantes pour elle toute seule. La sueur vient doucement, d'abord l'épaule puis le dos, enfin ses cuisses sont moites, respirer, talons, hanches et bras représentent la musique, tout ce qu'elle en entend, elle commence à chanter en même temps, chorus désordonnés, transe quotidienne.

Le téléphone sonne encore, toutes les voix transpirent la même désinvolture mal feinte. La sienne tranche.

— C'est Nicolas. Tu réponds ?

Elle se précipite sur le téléphone, décroche. « Allô » plein d'écho à cause du répondeur encore enclenché, elle cherche un bouton *Stop*, larsen. Pauline lui crie de rappeler, raccroche en espérant qu'il ait bien entendu. Le téléphone sonne à nouveau, c'est bien lui. Il dit :

— Alors ?

— Je suis restée avec eux jusqu'à six heures ce matin. Tout s'est bien passé.

— Qu'est-ce qui s'est bien passé ?

— Devenir Claudine.

— Qu'est-ce qui t'a pris ?

— Réflexe.

Il remarque, sobrement dépité :

— Je sais pas quoi dire.

— Tu peux passer ici ?

— Pour quoi faire ?

— Va falloir qu'on discute.

— Je sais pas où tu veux en venir, mais je sais que tu dois pas le faire.

— Tu sonneras quatre petites fois que je sache que c'est toi ?

Il accepte. Comme elle se doutait qu'il le ferait. Comme il acceptera pour le reste. C'est ce genre de type, toujours incapable de bien faire, attiré par les mauvais choix et fasciné par le chaos. Elle sent bien comment il est, à quoi il peut servir.

Elle raccroche, regarde les trucs qui traînent à côté du téléphone. Prospectus de promotion pour des pizzas à domicile, tube d'aspirine, carte de visite d'une esthéticienne, carte de visite d'un journaliste, facture EDF, vieux *Pariscope* abondamment souligné de bleu et de rouge, les trucs que Claudine voulait voir, son carnet de téléphone, un numéro griffonné sur un paquet de clopes vide et un agenda bourré de post-it.

Toutes ces choses, bordel d'une autre vie. Pauline sent qui remonte un mépris formidable, sauter par la fenêtre, c'est vraiment finir en disharmonie, salope de faible.

Une cassette vidéo sans étiquette, un billet de train pour Bordeaux, composté, les programmes d'une salle d'art et d'essai, Pauline sourit : « Je t'imagine très mal aller voir des films suédois, tu devais avoir quelqu'un d'important à épater », un petit bouquin à dix balles, des clefs d'elle ne sait pas où, un carnet de chèques presque vide.

Elle enfonce la cassette dans le magnéto, met en marche. Puis elle prend le paquet de clopes, compose le numéro et demande Jacques. « Allô bonjour, Claudine à l'appareil, je ne te dérange pas trop ? »

Sur l'écran défile un clip vidéo, très jeunes types en costard, le fameux Jacques est très ému : « Je ne pensais pas que tu rappellerais. Non, bien sûr, tu ne me déranges pas. »

Claudine est arrivée sur l'écran, brefs gros plans sur son cul, c'est pas vraiment qu'elle danse, c'est plutôt qu'elle ondule comme une demeurée, quelque chose de censément sensuel mais ça n'a rien de convaincant. On dirait plutôt qu'elle est folle. Talons terriblement hauts, dorés, avec une boucle enserrant la cheville.

« T'as pas l'air d'aller, miss ? — Si, si, superbien, mais je suis un peu naze. — T'as fêté ton concert ? T'as esbroufé tout le monde, j'arrête pas d'en entendre parler. »

Il a une voix de type jeune qui se la jouerait bonhomme. Il fait dans le genre protecteur cajoleur, Pauline demande : « Et toi tes affaires, ça va bien ? » en espérant qu'il parle de lui. Il faut bien commencer quelque part. Sur l'écran, Claudine est réapparue, même tenue mais s'est mise à quatre pattes, elle bouge ses bras, ça doit être « je fais la chatte ». Pauline se demande si elle finira par manger de la pâtée dans une écuelle.

Le fameux Jacques au téléphone énumère plein de choses qu'il va faire, et des sujets télé pour des chaînes sur le câble dont elle n'a jamais entendu le nom, et un dossier ciné pour un magazine qui vient de sortir.

Elle l'écoute d'un peu loin, acquiesce à tout hasard, tâchant de se mettre dans le crâne qu'il est en train de s'adresser à une fille qu'il regarde quand il veut à quatre pattes et filmée de dos en train de faire des trucs genre la chatte.

Il arrête d'énumérer tous les sujets qu'il va traiter. Pauline comprend mal qu'on fasse autant de trucs en même temps et pourquoi un journaliste aussi demandé qu'il doit être, très très important, répond à Claudine de la sorte. Il demande : « Et toi, alors, Jérôme m'a dit qu'il y avait du beau linge au concert ? Paraît qu'ils te cherchaient tous mais t'avais fait disparition. — J'étais fatiguée. — Allez, pas à moi... Quelles cochonneries t'as été faire ? »

Elle ne répond pas. Il ne s'en offusque pas, il est tout lancé : « Rien que d'entendre ta voix j'ai la gaule... Tu serais là t'en prendrais plein ton joli petit cul. — Je suis pas seule, là. Je te rappellerai. »

C'est Claudine à nouveau qui est là sur l'écran. Fin du morceau, elle lance un clin d'œil qui se veut coquin à l'adresse de la caméra. En fait on dirait une grande vache qui serait contente d'aller brouter.

Pauline soupire. À voix haute : « Sombre conne… et ça tu me l'as pas montré avant de me demander de faire comme si j'étais toi. Que tous ces porcs ce soir-là croyaient qu'ils m'avaient vu mon cul, t'avais pas pensé à me le dire… »

Elle prend une feuille de papier vierge. Écrit « Jacques » en haut, son numéro de tél à côté, puis elle note : « Journaliste tous médias, connaît un Jérôme, au courant pour le concert, a couché. »

Le téléphone sonne à nouveau.

Il ne quitte pas Pauline des yeux. Il doit croire qu'il va l'impressionner à mettre autant de noir dans son regard. Elle laisse couler. Il est venu lui annoncer qu'elle devait renoncer, il a préparé son discours, seulement maintenant il ne dit rien. C'est son problème, elle lui sent bien sa faille, il s'écoute trop de partout, laisse une chance à ses pires émotions. Et elle sait ce qui le retient, dans un premier temps. Comme elle se doute de ce qui le persuadera, ensuite.

Elle fait comme si de rien n'était, propose :

— Café ?

Et se lève pour en faire. Il la regarde, elle est de dos. Elle dévisse la partie haute de la cafetière, tape le filtre directement dans la poubelle pour le vider du vieux café, puis le passe sous l'eau en nettoyant avec le doigt.

Les mêmes gestes. Remontent d'autres matins qui suivaient des nuits blanches où il venait là prendre un café, et des après-midi où il passait s'en jeter un, et des débuts de soirées et des fins de repas. Les innombrables fois où il l'a vue faire ça. Silhouette familière, il aime la voir évoluer. Lambeaux intacts d'un bien-être perdu, des traces anachroniques qu'il trouve ensorcelantes.

Après la nuit pénible, il ne se sent que résigné. Ce qui a été fait ne provoque en lui aucun conflit. Ça le baigne dans un calme intense, qu'il ne connaissait pas, l'éloigne et le pacifie. Une tristesse digne l'a visité, sans sévérité, il ne sent plus que la douceur des choses, il ne recueille que la saveur du souvenir.

La sœur est folle. On la dirait s'acquittant d'un rite dont elle aurait le secret. Elle lui adresse sa requête comme une affaire courante, qu'il serait malvenu de refuser :

— Il faut que tu écoutes les messages sur le répondeur. Je suis pas sûre d'avoir bien compris, mais je crois qu'ils veulent qu'on fasse un disque.

Dans ce genre de situation, il est toujours étonné de ne pas trouver à portée de main quelqu'un à qui demander de s'en occuper, tellement lui s'en sent incapable. La planter là. Appeler un médecin. Lui coller plein de baffes, la rouer de coups. Il se contente de garder le silence. Elle insiste :

— Écoute-les. J'ai besoin que tu me dises ce que tu en penses.

— Tu as déjà eu des troubles du chiraud ou bien c'est le choc d'hier ?

— J'aime pas ton humour, je le trouve même à chier contre. Si des gens sont prêts à payer pour ça, moi je veux faire un disque avec eux.

Il se prend la tête à deux mains, un drôle de geste qu'il ne fait jamais, grommelle :

— Y a pas de mal à ça. T'as la voix qui faut pour. T'as pas besoin d'être Claudine pour autant.

— Ça sera plus simple.

— Je vois pas en quoi.

— Je veux que ça aille vite. J'ai pas envie de rencontrer douze mille gens et me présenter et être sympa. Claudine connaissait plein de monde, même si elle intéressait personne, au moins ses jambes on s'en souvient... Depuis hier, le téléphone arrête pas de sonner, si on le fait en son nom, ça peut aller très vite. Moi, ce que je veux, c'est des tunes, et y a moyen d'en faire.

— Tu planes. On fait pas un disque «comme ça», il faut...

— Je plane rien du tout, écoute le répondeur.

Alors, il réalise :

— Comment tu dis ? «On» peut faire un disque vite ? Tu comptes sur moi pour...

— Tout. Je veux voir personne. Tu t'occupes de tout et tu fais les musiques. Sans vouloir être désagréable, c'est probablement la seule occasion que t'aies à saisir depuis un bail de faire quoi que ce soit.

— Hors de question.

— Écoute les messages.

Elle enclenche le répondeur, d'abord il n'écoute pas. Elle le fascine un peu, sa vaillance imbécile, elle lui fait un peu peur. Obstination obscène, elle est tranquillement dingue. Et puis des noms l'attrapent et il prête une oreille.

C'est pas le moment, mais il n'a pas le temps d'empêcher ça de lui remonter les veines en sens inverse. Le nombre d'appels, l'empressement des propositions. Énorme unanimité. Pendant le concert, il ne s'est rendu compte de rien. Elle leur a pété les pupilles.

Si Claudine avait connu cette journée. Elle est partie la veille de ça. Exactement ce qu'elle attendait : décideurs prêts à miser sur elle.

C'est pas sûr qu'elle l'aurait bien pris. Pendant deux ou trois jours, elle aurait appelé la longue liste de ses ennemis pour les narguer sournoisement. Ensuite, elle serait allée voir tout ce beau monde si désireux de la rencontrer. Alors, elle se serait tapé tout le monde. Chaque type, un par un, une entreprise nette et soignée. Elle parlait de ça comme d'autres d'alcoolisme. Son seul moyen pour ne pas le faire, c'était de ne pas rencontrer d'homme. « Du moins, rectifiait-elle, pas un homme dont je sens qu'il a envie de moi. Si je chope un regard, une seule et minime fraction de regard, c'est comme si je sentais le sang et ce type je dois l'avoir. Je te parle pas de le mettre dans mon lit, je te parle de le mettre à mes pieds. Et je peux pas m'en empêcher. »

Nicolas s'était trouvé rescapé du massacre. Ça s'était imposé à lui dès leur première rencontre, évidence massive, il se sentait en face d'elle comme en face d'une petite fille. Elle l'avait élu, d'emblée, digne de sa confiance.

Tous les messages ont défilé. Il s'incline :

— Sincèrement impressionné. T'as fait un gros effet.

Depuis la veille, il s'est fait fracasser en deux, ça lui a mis son âme à vif. Il ressent les choses très vivement, l'impression d'être en pleine lumière. Il ajoute :

— Remarque, t'as fait un bon concert. Être rétamée de la tête, ça n'a jamais empêché de bien chanter.

Pauline reste silencieuse, assise à ses côtés. Il va jusqu'à l'encourager, lui conseille d'appeler tous ces gens et s'apprête à partir. Elle s'entête, phase d'autisme aigu, elle regarde ses genoux, crispe ses mains de chaque côté de sa chaise, parle contre ses dents :

— Je te l'ai dit que j'irai pas. Si tu le fais pas pour moi, je rentre chez moi et c'est tout.

— Ça serait drôlement dommage.

Elle l'interrompt :

— Ça serait comme un suicide.

— C'est comme tu le sens.

Dehors les éboueurs passent, boucan du camion et des poubelles soulevées renversées vidées.

Nicolas veut clore l'entretien :

— J'ai aucune envie de rester plus longtemps avec toi.

Elle se paie le luxe d'un sourire narquois, affirme :

— Bien sûr que si, t'en as envie.

Il sourit tristement, en pensant qu'elle déraille. Seulement pile à ce moment il se demande ce qu'il va faire en sortant. Aller où et voir qui pour discuter quoi de crucial. C'est vrai qu'il veut rester là. Entre ces murs, avec la folle, à se laisser fasciner par la scabreuse ressemblance.

Elle dit :

— Je boirais bien un whisky.

Il répond qu'il descend en acheter.

En chemin, il en est encore à prétendre que c'est pour la raisonner. Mais au fond, il sait qu'il va l'accompagner. Il y a une place en lui pour le tordu des autres, de certains qu'il reconnaît, et il aime se lover tout contre leur bizarrerie.

Il y a deux fenêtres côte à côte, dans le salon de chez Claudine, qui donnent sur la rue Poulet. Nicolas et Pauline ont pris chacun la leur, et penchés au-dehors ils discutent par à-coups.

Ils regardent en bas. Un bonhomme passe, étui de basse à la main. Un couple va dans l'autre sens, ils sont collés l'un à l'autre, ne se parlent pas et ralentissent de concert pour s'embrasser sous les fenêtres puis repartent. Appartement d'en face, un type tape sur son clavier d'ordinateur.

Pauline fait tourner son verre de doré qui brûle, elle a la sensation que tout s'est simplifié. Ses envies deviennent entières, moins contrariables, les choses sont plus claires, évidemment tracées. Et le rire vient franchement. Elle oublie de se demander comment elle se tient, si ce qu'elle dit est juste, elle s'oublie par plein d'endroits et se sent soulagée. Elle demande :

— Pourquoi elle a fait ça ?

— Je me sentirais moins con si au moins je le savais. J'étais censé être son pote, ce mec sur qui tu peux compter. Et le seul truc que j'étais foutu de remarquer, c'est qu'elle se mettait salement le compte…, mais moi je me le mets tellement que ça m'a pas alerté du tout. J'ai pas trouvé ça strange, d'avoir envie d'être raide avec la vie qu'on a.

— Quel genre de vie elle avait ?

— Vous vous téléphoniez pas, régulièrement ?

— Elle me mentait tout le temps. Elle a toujours été mytho, alors je me méfiais…, mais je croyais pas à ce point. Elle disait qu'elle faisait de la pépette, un bon paquet. Elle disait « dans cette ville l'argent y en a partout, t'imagines pas comme ça. Suffit d'être dans le courant, et c'est le jackpot pour toi… et moi le courant j'y suis, la tune moi je baigne dedans ». J'ai fouillé ses affaires, y avait des relevés de compte. D'abord j'étais furieuse qu'elle était au RMI parce que j'ai cru que c'était une magouille pour toucher un peu plus alors qu'elle dégorgeait de caillasse. Et puis j'ai mieux fouillé, et elle gagnait presque rien d'autre…

Nicolas ne commente pas, la laisse venir, profitant qu'elle est raide pour en apprendre un peu. Elle boit encore, une toute petite gorgée, elle est furieuse de ce qu'elle a appris. Elle reprend :

— Elle me disait qu'elle était danseuse, qu'elle avait bien trop de plans, elle pouvait pas trouver le temps pour tout faire. De la danse moderne, depuis que je suis ici, je vois ce qu'elle a de moderne, sa danse. Pareil pour ce concert : elle m'a présenté ça, c'était pure générosité de sa part, limite elle n'avait pas besoin de moi. Elle était en contact avec tout le monde, les gros bonnets du coin n'arrêtaient pas de l'appeler, ils étaient tous oufs d'elle. Y avait beaucoup d'argent à la clef, quasi j'avais de la chance de pouvoir en tirer quelque chose. Ça pourrait devenir vrai, mais elle en savait rien. Lady Gros Pipeau...

— Tout le monde fait comme ça, ici. À part ceux qui n'ont plus à se donner de l'importance parce qu'ils en ont pour de bon. C'est pas une ville où fait bon perdre. Si t'avoues cash que t'y arrives pas, tu fais trop peur aux autres, ça éclabousse, la loose, et comme c'est contagieux...

— C'est pour tout le monde pareil. Pourquoi il fallait absolument qu'elle ait une meilleure vie que les autres ?

— Parce que c'est humain. Ça ne te dit rien : *On veut vivre et pas survivre ! Un deux un deux trois quatre. On veut pas vivre pas survivre* ?

Il s'éloigne de la fenêtre et commence à faire une sorte de danse au cours de laquelle il lance successivement une jambe puis l'autre en avant en sautillant sur place, coups de pied dans le vide. Sa tête bouge de droite à gauche, il chantonne un truc en même temps.

Pauline le regarde et trouve bizarre de le voir se lâcher comme ça parce que ça donne à penser qu'il y a eu un autre lui, l'habitant encore un petit peu. Comme les fameuses poupées, un nouveau Nicolas en recouvrant un autre, mais parfois un Nicolas plus jeune vient refaire un tour de piste, danser un peu.

Elle comprend qu'il est vraiment ivre. Il est

devenu très rouge, déjà un peu en sueur. Il enchaîne :

— Et est-ce que tu connais celle-là : *Quelle sacrée revanche ! Je croyais là un mode de vie ce n'était qu'une vie à la mode* ?

Il continue le même genre de danse, mais plutôt à pieds joints et en bougeant les bras comme dans un crawl bizarre, ou un jerk inconnu.

Pauline est gênée qu'il fasse ça. Elle le trouve drôle. Mais elle est gênée de le voir se laisser aller devant elle. Il montre quelque chose qu'à jeun il n'aimerait pas qu'elle voie.

Plusieurs coups sont frappés contre le mur.

Il s'arrête net, essoufflé, hurle :

— Je t'ai déjà dit de plus jamais taper contre ce mur, sale vieille peau !

Mais ne recommence pas à gigoter. Il cherche le briquet sur la table, pousse les petites bouteilles de bière vides, soulève un magazine, demande :

— T'es donc seule à ce point ? Y a personne de ton ancienne vie que tu regretterais de ne jamais revoir ?

— Non.

Elle lui tend le briquet qu'en fait elle tenait dans sa main, puis pousse son verre vers lui pour qu'il le remplisse encore. Elle prend la peine d'y réfléchir, ou de chercher comment lui dire :

— Cinq minutes avant que je le fasse, si tu m'avais demandé, je t'aurais dit que j'aimais bien ma vie. Et j'aurais pas menti. J'aimais bien mes amis, je les ai toujours connus, j'aimais bien mon chez-moi… Je me suis jamais vraiment plainte de rien. Et puis il y a eu le réflexe. Je pouvais pas faire autrement. C'est tellement clair qu'il n'y a aucune place pour que je regrette.

— Maintenant c'est comme ça, c'est la décharge de la nouvelle, mais d'ici dix jours tu seras remise et tu voudras rentrer chez toi. Seulement tu pourras plus.

— Ce qui est fait est fait.

Nicolas s'efforce de comprendre :

— Pourquoi tu la détestes à ce point ? Est-ce que ton papa l'aimait mieux ?

C'était dit comme une blague, seulement ça la touche juste. Pauline se raidit, sans même chercher à le dissimuler, ses yeux se rétrécissent légèrement :

— C'est elle qui t'a dit ça ?

Claudine ne parlait jamais de ses parents. Jusqu'à ce soir-là, Nicolas n'y avait jamais fait attention. Elle ne lui avait jamais dit un seul mot à leur propos. Il acquiesce :

— Oui, elle disait ça... Elle disait que son père l'adorait mais que toi tu l'avais un petit peu déçu.

Alors elle se met à pleurer. De bonnes grosses larmes nourries de 40 degrés. Elle-même est étonnée de trouver ça aussi bien, d'en avoir autant en réserve et aussi gros sur le cœur.

Nicolas la regarde faire, sans bouger, sans bien savoir ce qu'il a touché, mais ce dernier verre était l'empâteur, celui qui cloue au siège et empêtre les raisonnements. Il grommelle juste de temps à autre :

— Ce que je donnerais pour en être capable.

Jusqu'à ce qu'elles aient dans les dix ans, le père emmenait Pauline partout, Claudine la détestait pour ça.

Un jour, c'étaient les vacances, une chambre avec des lits superposés. Ça devait être à la montagne, puisque dans ce souvenir elles sont habillées en hiver.

À table, il y avait des amis, le père a fait son cinéma. Un déjeuner bien arrosé, il y est allé un peu plus fort que d'habitude. Les yeux rivés sur la petite Claudine, prête à disparaître sous la table, il semblait au bord de vomir « je peux pas croire que vous veniez du même ventre ». Alors il s'était mis à l'accabler, prenant les invités à témoin, qui eux aussi du coup auraient bien fait un tour sous la table pour échapper à ses questions, « elles se ressemblent mais y en a une qui est moche. Non ? C'est drôle quand même, ça tient à presque rien, c'est simplement cette lueur bovine qu'elle a dans le regard, ça donne envie de la claquer. Non ? ».

C'est un âge de gamin où les parents disent vrai, quoi qu'ils disent et si énorme que ça soit.

Les amis s'étaient cassés bien plus vite que prévu, visiblement fâchés. Le père avait tourné en rond quelques minutes, avait fait signe à Claudine :

— Viens là, toi. Tu te rends compte, comme tu m'as fait honte ? Tu te rends compte, petite conne ? Viens là prendre ta raclée, approche.

Et il claquait des doigts comme on appelle un chien. La gamine était venue, s'était fait corriger.

La mère derrière criait :

— Mais arrête, t'énerve donc pas comme ça, c'est rien, arrête...

Et dès qu'il s'était éloigné elle avait relevé Claudine, soupir :

— T'en rates pas une, hein. Tu peux pas te faire oublier ? Va dans ta chambre. Pauline, s'il te plaît ma chérie, va jouer avec ta sœur. Essaie qu'elle ne fasse pas trop de bruit, que votre père puisse se calmer.

Dans la chambre Claudine s'était assise face à la fenêtre, elle se balançait d'avant en arrière en fredonnant quelque chose entre ses dents.

Pauline avait longuement hésité, cherché ses mots, puis était venue derrière elle, timidement caresser ses cheveux. Larmes pleine bouche, elle avait du mal à s'exprimer :

— Tu sais, quand il te parle comme ça, c'est comme s'il me le faisait à moi.

Elle n'avait pas senti les épaules de sa sœur se crisper, elle avait continué, commençant à vraiment pleurer :

— Quand il te tape je te jure que je sens les coups.

Claudine s'était mise debout, retournée face à elle, l'avait attrapée par les cheveux. Pauline ne criait pas, pour pas que les parents viennent. Claudine l'avait entraînée sur le lit :

— T'es sûre que tu sens ?

Et bloquant sa tête par les cheveux, elle s'était mise à la cogner, ses petits poings s'abattant avec le plus de force possible contre le visage. Pour lui faire vraiment mal, elle avait

70

pris l'oreiller, maintenu à deux poings contre la face de l'autre. Pour être bien sûre qu'elle entende, elle s'était mise à crier :

— C'est bizarre, parce que moi, quand il t'embrasse, je sens rien.

La porte s'était ouverte à la volée. Alerté par ses cris, le père était entré. Il avait arraché Claudine de sa sœur et l'avait lancée contre le mur :

— Mais j'en peux plus de toi. Tu m'entends ? J'en peux plus.

La mère avait pris Pauline dans ses bras, elle la couvrait de baisers en demandant « ça va ? ». Il y en avait une de précieuse et l'autre de corrompue.

Quelques années plus tard, insidieusement, l'ordre allait s'inverser.

Un été, c'était peut-être l'été juste après, le père s'était découvert un grand talent pour la photo. En l'espace de quelques semaines, Pauline était devenue un peu chiante à trimbaler partout. L'éducation de la petite fille avait cessé de le passionner. Il avait d'autres choses à faire, des choses importantes. Il revenait de moins en moins souvent à la maison avant qu'elles soient couchées.

Puis, pendant très longtemps, il n'était plus revenu du tout. Sans en parler aux filles, il avait pris quelques affaires, annoncé à la mère :

— J'ai besoin de m'isoler pour créer.

Pauline restait la préférée de la mère. Un jour d'anniversaire où le père ne s'était pas manifesté, elle était venue border Pauline, qui dormait dans la même pièce que sa sœur :

— Mon pauvre bébé, ton père n'a pas pensé à t'appeler pour ton anniversaire. Il t'a oubliée, toi aussi... comme ta vieille mère.

Elle avait refermé la porte sans rien dire à Claudine. Double impact, joli coup.

Dans le noir Claudine jubilait, chantonnait à mi-voix :

— Le petit bébé que son papa a oublié... oh il l'aimait sa petite fille. Mais maintenant il en aime une autre... petit bébé, toute seule.

Pauline se relevait sur un coude :

— Tais-toi maintenant, on doit dormir.

— Tu le savais que la nouvelle femme avec qui il est a une petite fille qui te ressemble ? Mais il dit qu'il la préfère à toi.

— C'est pas vrai, il est pas avec une nouvelle femme, il est parti pour travailler, il était obligé.

— Si c'est vrai ! Même que tu le sais très bien.

Pauline encaissait le coup, croisait ses mains derrière sa nuque et prenait le ton qu'on prend pour raconter des contes de fées :

— Non je le sais pas. Mais ce que j'ai appris, c'est que maman quand on était petites elle a voulu avorter. À cette époque, les femmes le faisaient avec un cintre. La dame lui a enfoncé le cintre et a essayé de décrocher le bébé, seulement je te tenais trop bien, et elle a pas réussi. Parce que c'est toi qu'étais en dessous, et c'est comme ça que t'as pris des coups de cintre dans la tête quand t'étais encore un bébé. Et c'est pour ça que t'es trépanée.

72

Elle pouvait sentir la sœur se ratatiner dans son lit, Claudine protestait faiblement :

— Ça, c'est pas vrai.

— Si, c'est papa qui me l'a raconté mais j'ai jamais voulu te le dire pour pas te faire de la peine. J'ai attendu qu'on ait onze ans.

Alors Claudine chougnait, n'arrivait pas à se retenir. La mère était revenue, Pauline s'était plainte, petite voix endormie :

— Maman, j'arrive pas à dormir, y a Claudine qui fait exprès de faire semblant de pleurer pour m'énerver.

— Claudine, maintenant t'arrête ta comédie sinon je vais te le faire regretter.

Et la mère refermait la porte. Alors Pauline se mettait à chantonner à son tour :

— Tu t'prends pour une dure mais t'es qu'une mollassonne.

C'est pendant l'absence du père que Pauline s'était mise à chanter. Persuadée que, si elle faisait quelque chose d'assez bien pour lui, il reviendrait.

Chaque mercredi, gamins partout, une vieille dame leur apprenait à dire des « pomme pâte poire » en faisant claquer les consonnes, à s'étirer la voix vers le haut vers le bas et à s'époumoner en restant dans le ton.

La vieille dame aimait bien Pauline, elle la retenait après les cours, « il faut que tu travailles chez toi, n'oublie pas. Tu as une très jolie voix, tu dois la travailler chaque jour, c'est aussi important que tes devoirs ».

Et la gamine n'oubliait pas. Elle chantait de son mieux, de mieux en mieux, toujours vaguement convaincue qu'ainsi elle ferait revenir son père.

Et il était revenu. Trois ans qu'elles ne l'avaient pas vu. Il serrait la mère dans ses bras en disant qu'il n'y avait qu'elle et qu'il fallait lui pardonner. Et pendant deux bons mois il s'était montré amoureux.

Il avait eu cette tête en retrouvant Pauline, debout devant lui embarrassée, prête à pleurer et à s'enfouir dans ses bras, cette drôle de tête : « Comme tu as changé ! » Et une tout autre tête en retrouvant Claudine, la faisant tourner sur elle-même et l'admirant de haut en bas : « Comme tu as changé ! »

Il y en avait une qui était devenue sombre pendant l'absence du père, et qui adolescente refusait d'être coquette comme on refuse de s'avilir. Pauline s'était un peu voûtée, tassée sur elle-même, méfiante et riant peu. Elle n'aimait pas se laver les cheveux, elle n'aimait pas porter des jupes, elle n'aimait pas tellement sourire. Elle aimait bien taper les autres, les insultes et les polémiques. Et elle n'aimait pas trop les filles, qu'elle trouvait trop conformes à la caricature : ça discutait chiffons, papouilles, et ça geignait pour trois fois rien.

Claudine, quant à elle, avait sauté sur l'occasion d'avoir un corps conforme aux modes pour bien apprendre à le montrer et rattrapait en une adolescence quelques années de handicap.

C'est ainsi que le père continua à en préférer une, mais il avait changé de cible.

Certains matins, au petit déjeuner, quand il voyait Pauline arriver avec son jean troué, ses pompes plates et ses grands pulls qui devaient la cacher entièrement, il soupirait :

— Je me demande si elle fait pas exprès d'être moche, rien que pour m'emmerder.

Et comme elle s'asseyait sans rien dire il ajoutait :

— Pis t'es aimable, ma fille, c'est un plaisir de vivre avec toi.

Quelques minutes plus tard, Claudine descendait, choses les plus courtes et dernier cri qu'elle pouvait bien trouver, ses yeux légèrement maquillés... Le père lui faisait une ovation, l'attrapait par la main pour déposer une bise sur sa joue :

— Ce que tu sens bon !

Puis il la regardait pensivement, mains croisées sous son menton, les yeux partant un peu dans le vague. Avant de recommencer à manger, il déclarait :

— Moi j'aime les femmes qui sont féminines.

Jamais il ne vint voir Pauline chanter où que ce soit. Elle était abasourdie. Pas qu'elle s'en rende clairement compte à l'époque, mais tout ce qu'elle avait appris de lui et entretenu si savamment dans l'hypothèse de son retour : l'arrogance, la colère, la violence vindicative, tout se dénigrait quand elle s'y essayait.

« Ce que j'adorais chez lui, il le méprisait chez moi. »

En lisant ces lignes, bien plus tard, les choses s'étaient ordonnées d'elles-mêmes, une parole qui serait une clef.

Tout ce qu'elle adorait chez lui, il le méprisait chez elle.

Et elle s'était mise à chanter de plus belle, et à porter des pulls plus larges, parce qu'un jour les choses reviendraient dans l'ordre. Il la reconnaîtrait, son unique fille, son unique double.

Nicolas a dû en avoir marre de la regarder chialer, il est allé s'allonger sur le sofa et il dort. Il respire par la bouche, sans ronfler. Il est tout efflanqué, on dirait un chat assoupi. D'une grande fragilité. Il va l'aider. Elle les a vus ensemble, lui et Claudine, le lien entre eux était trop fort, il aurait pu se dessiner d'un coup dans l'espace, sans que ça surprenne. Il va faire tout ce qu'il peut pour qu'ils signent. Pourvu qu'il puisse assez pour qu'ils obtiennent une grosse avance.

Elle n'a pas encore de plan bien net, mais les 200 000 dont elle a entendu parler avant le concert n'arrêtent plus de lui monter la tête. Elle n'a pas envie d'aller à la télé, ni de se voir dans les journaux, ni de danser dans un clip comme elle a vu sa sœur le faire. Elle veut qu'il fasse monter la sauce, et qu'il obtienne un bon gros chèque. Ensuite, elle partira avec Sébastien, sans le prévenir, et il se débrouillera.

Elle se lève brusquement, c'est remonté sans prévenir. La bouche pleine de vomi, elle se précipite aux chiottes.

Lendemain matin, ils boivent des aspirines et du coca.

— Même si je voulais t'aider, c'est impossible que ça marche.

— Mais arrête de te faire des montagnes avec des monticules. Depuis que je suis petite on me prend pour elle, ça va pas changer d'un seul coup...

Il leur trouve quand même de vagues traits de caractère communs. Qui sortent pas pareil, mais auraient la même source.

Elle va chercher un calepin, puis revient à côté du téléphone :

— Avant que tu bouges on peut écouter les messages ensemble ? Au fur et à mesure, tu me briefes rapide sur chaque personne.

Elle est déjà en place, prête à noter, elle ajoute :

— Y a un petit peu de courrier aussi...

Il s'assoit, prêt à s'exécuter. Pauline a tracé trois grandes colonnes : travail, perso, inconnus. Elle les remplit en s'appliquant, surtout pour les colonnes travail. Quand ils ont fini elle va chercher les lettres pas ouvertes qu'elle tend à Nicolas, puis elle note quelque chose dans son calepin. Très affairée, prenant les choses en main, pas du tout paniquée.

Quoi qu'il en ait dit au début, qu'est-ce qu'elles se ressemblent, ça fait bizarre.

Et rester avec elle, rentrer dans ses magouilles, c'est quand même pas tout perdre, ressusciter Claudine. Il y va comme on y va avec la poudre : persuadé qu'il contrôle, que ça ne dérapera pas. Il y va en se trouvant des excuses bidon : je la laisse croire que je vais le faire, mais je vais la persuader d'arrêter tout son cirque, je vais la raisonner. Il y va en s'arrangeant pour croire lui-même qu'il n'y va pas.

Pauline note consciencieusement ce qu'il raconte :

— Ça, c'est une carte de Julie. Claudine l'adore mais elles ne se voient pas souvent. C'est une fille qu'a un môme, qui est cool. Je la connais pas très bien, elle est belle, c'en est grave, et elle est strip-teaseuse. Je crois qu'elle est dans le treizième. Je sais pas trop...

« Ça, c'est un mot de Laurent, c'est un vieux pote à elle.

— Je reconnais l'écriture, je le connais lui, c'est bon.

— Comment tu vas faire avec les gens que vous connaissez toutes les deux ?

— Je ferai comme si j'étais elle, je rigolerai bêtement dès que quelqu'un ouvre la bouche, si on me touche le cul je dirai « ah mais ça va pas non ? » et au moindre sujet abordé j'arrondirai un peu la bouche et je dirai « ah ça je sais pas j'y

78

connais rien». Tu sais, c'est pas sorcier d'être conne.

Mon tout soleil, mon grand amour. Il fait un peu froid, je le sens au bout des doigts, je viens juste de faire un thé, je mets le sachet dans le cendrier, tu serais là tu ferais la grimace «tu peux pas le mettre à la poubelle». Je profite que je suis toute seule ici pour faire des trucs qui t'agaceraient. Ça ressemble un peu à rien, ces journées sans que tu sois là. Mais je suis pas sûre que ça soye très très malin de me plaindre. Sinon j'ai rien à raconter. Je fais rien du tout à part t'attendre, bien me reposer et beaucoup lire. Alors ça va. S'il te plaît écris-moi bientôt, me dire s'il te manque quelque chose, je t'écrirai plus longtemps plus tard...

Pauline.

Nicolas dit que ce n'est pas possible de faire un disque en moins de six mois. Pauline ne répond rien, n'empêche qu'il faudra bien que tout soit fini d'ici là. Ou plutôt : n'empêche qu'il faudra bien qu'ils aient touché une grosse avance d'ici là. Pour le reste, elle s'en fout.

Quand Sébastien sortira, elle s'en est elle-même convaincue, elle aura touché de l'argent, assez pour faire un tour du monde.

Parloir. Elle n'y va pas souvent. Sébastien lui a dit dans des lettres «c'est pas grave, ne viens pas, écris-moi tous les jours, mais viens pas. Ça me fait beaucoup plus de peine que de bien».

Et c'est ce qu'elle a fait. Arrêter d'y aller. De

le voir là-bas, temps imparti et devoir le laisser derrière. C'était à devenir folle chaque fois. Une rage d'impuissance inutile.

Même pas montrer à quel point ça lui pèse, ce manque de lui, même pas montrer, sourire, être enjouée et s'inventer une petite vie pendant laquelle «ça va».

Elle se regarde se travestir, mettre du rouge aux lèvres et s'entraîner à marcher, elle se regarde s'occuper d'être dans l'imposture. Et elle lui en veut à moitié.

Où tu es pendant que je me fais tout ça. Tu devrais être là et m'empêcher. Il aurait dû être là le jour où elle a dit oui à Claudine pour le concert. Il aurait dû être derrière elle et lui demander «mais ça va pas?».

Et c'est mal de lui en vouloir, comme tout confondre. Comme accuser d'autres de ce qu'on est.

Seulement c'est pas très grave, parce que tout va bien se passer. Nicolas va aux rendez-vous, et il revient tout grand sourire. Parce que tout s'enchaîne comme il faut.

Pauline est assise à la table de la cuisine.

Elle a ouvert le placard à chaussures, rien de plat.

À vingt-cinq ans elle n'a jamais eu l'idée de mettre des pompes à talons, et elle se retrouve, grotesque dans une robe rouge, on dirait un travelo, à essayer de marcher dans le salon avec les talons les moins hauts de toute la collection. Absurde tentative d'avoir une démarche digne, ressemblant à quelque chose. La cheville mise en danger se barre sur le côté, le genou cogne l'autre genou. Alors il faut marcher précautionneusement, réfléchir : quoi poser en premier, de la plante ou du talon. Réfléchir : où porter le poids de son corps pour ne pas se ramasser. Se tenir droite, lancer la jambe. Mais ça ne marche pas, elle fait le crabe qui serait ivre et rien à voir avec une femme.

Elle regarde ses pieds, effondrée. La cheville est rouge d'être malmenée. Les orteils rabougris, sensation d'os broyés, parce qu'au bout de la pompe ça rétrécit et ça compresse, sans aucun rapport avec une forme de pied.

Ça ne marchera jamais.

Sa colère devient noire. Claudine cette pauvre idiote, comment a-t-on idée de porter des choses pareilles pour faire plaisir à qui, pour ressembler à quoi, sale putain pathétique.

Le téléphone sonne sans arrêt, c'est devenu dix fois pire qu'hier.

— Claudie ? Claudie réponds je sais que t'es là j'ai appelé y a cinq minutes et c'était occupé... Allez ma chérie on trotte on trotte et on vient décrocher... Claudie, j'ai de bonnes nouvelles pour toi, viens répondre... T'es pas là ? Écoute j'y comprends rien, rappelle-moi, c'était Pierre.

Elle retire les pompes improbables, soulagement aussitôt. En moins d'une heure elle a chopé des ampoules magnifiques, peau transparente désolidarisée du reste.

Pris un bain, tout à l'heure. Les flacons, les bouteilles, les tubes, elle avait tout mis dans l'eau du bain, rappel d'enfance quand des jouets flottent autour de soi et qu'on s'amuse à faire des trucs avec.

Contour des yeux, hydratation, mousse douce nettoyante, gommage pulvérisant, masque aux acides de fruits à la vitamine C, aux céramides ceci, choses de toutes les couleurs, crèmes pour nourrir cela, peau soyeuse, cheveux brillants, teint éclatant... Lutte implacable contre soi-même, surtout ne pas être ce qu'on est.

Sortant de l'eau, elle reniflait son bras qui sentait de drôles de choses, tous ces trucs qu'elle avait essayés, une odeur agaçante, énervante à force de vouloir être calme. Comme de tellement vouloir dormir, prendre peur de l'insomnie, qu'on finit par se retourner cinquante fois dans les draps, en rage. Une frénésie de sérénité.

Robe rouge, on voit toute sa poitrine, à croire que c'est une vache, qu'elle exhibe tous ses pis, on voit le haut du cul, là où personne ne devrait voir. Elle tourne sur elle-même avec méfiance devant le miroir. Pincement au cœur, ça n'est déjà plus à elle qu'elle ressemble.

Feuilleté les journaux en pile que Claudine lisait. Consternation. Sur un ton de connivence amusée, foison de petits conseils pour être une putain à la page. Et se mêlant de tout, que tout rentre dans des cases, et comment il faut jouir, et comment il faut rompre, et comment se tailler, se teindre jusqu'aux poils de la chatte, et comment on doit être du dedans au dehors. Ton faussement débonnaire, propagande imbécile pour être comme il faut.

Après des siècles d'interdiction de montrer, femmes sommées d'exhiber qu'elles ont bien tout aux normes, qu'elles se sont calibrées : voilà mes jambes interminables, glabres et hâlées, mon derrière correctement musclé, mon ventre plat nombril percé, mes seins énormes fermes et moulés, ma belle peau saine et pas vieillie, mes cils sont longs, mes cheveux brillants.

Contrairement à ce qu'elle croyait auparavant, il ne s'agit pas d'une soumission aux désirs des hommes. C'est une obéissance aux annonceurs, il faudra que tout le monde y passe. Ils régissent le truc, fil des pages : voilà ce qu'on vend, alors voilà ce qu'il faut être.

— T'as vu comme je me débrouille bien ?

Il en convient :

— Ouais, et ça doit pas être facile.

Il l'observe qui se démène. Elle tourne sur elle-même, sautille un peu, fait des allers et retours avec des dérapages, elle peut faire demi-tour sans que la cheville se cambre. Elle monte sur une chaise, mains sur les hanches. Elle ajoute :

— C'est pas encore évident. Y a des machins que je pourrai pas faire.

— C'est pas des chaussures faites pour ça.

Beaux progrès, c'est qu'elle était comique à voir, au début.

Mais depuis une semaine qu'elle s'acharne, Pauline se débrouille en talons hauts. Bien qu'elle ait les mêmes jambes que Claudine et des similitudes dans la démarche, une chose les différencie nettement : c'est dans la façon de se montrer.

Pauline jubile :

— Je vais bientôt pouvoir sortir !

Elle n'est pas descendue une seule fois depuis quinze jours qu'elle a shifté. Elle dit que ça serait pas très prudent, qu'on sait jamais.

Le bon sens ne l'étouffe pas. Encore un point commun entre elles. Elle a ses petites pratiques, ses rites très personnels, qu'il faut surtout suivre à la lettre « pour que ça le fasse ».

Nicolas remarque :

— Y a pas, ça arrange les jambes... mais faudrait peut-être que tu te les rases. Ou bien que t'ailles te faire épiler.

— Ça va pas, non ?

Il se gratte la tête, pas convaincu de s'être fait comprendre :

— Tu penses peut-être descendre comme ça ? En robe, en talons, et les jambes pas faites ?

— Mes jambes elles sont faites, ma mère m'a mise au monde avec. C'est barbare, se raser, franchement, barbare.

Un peu comme s'il venait de lui proposer de se raser le pubis pour le montrer à tout le monde. Une proposition franchement indécente. En quinze jours il s'est quand même habitué à ce qu'elle ait de drôles de réactions.

C'est un peu comme une femme des bois. Ça fait des années qu'elle vit en huis clos avec seulement son pote qui a l'air tout ce qu'il y a de plus drôle. Elle ne l'a jamais trompé, elle n'y a jamais pensé, elle n'a pas d'amis proches, personne à regretter, elle n'a pas la télé parce que ça véhicule trop de merde, ne lit pas les magazines pour les mêmes bonnes raisons. Épargnée à ce point, elle a ses réactions bizarres.

Il réfléchit, c'est sûr que c'est pas dans les bouquins qu'elle lit qu'elle va apprendre que jamais les femmes sortent leurs poils. Il tente tout de même une démonstration :

— T'es déjà sortie en ville en été, quand même ? À Bar-le-Duc, y a bien des gens dehors ?

Elle acquiesce. Un peu têtue, pour elle le problème est réglé : elle en a assez fait comme ça, elle veut pas entendre parler finitions pénibles. Nicolas poursuit :

— Est-ce que t'as déjà vu une seule fille en robe porter des jambes poilues ?

— Je regarde pas les jambes des filles.

— Mais ton lascar t'a jamais demandé de t'épiler ?

— Non. C'est pas un lascar, ça doit être pour ça.

Pourquoi il croit que fatalement, juste parce qu'elle est une fille, elle devrait toujours tricher sinon personne ne voudrait d'elle ? De toutes ses forces, elle voudrait que Sébastien soit là pour qu'il voie comment c'est, quand on est différent.

Nicolas va fouiller dans les placards, sort du sucre et de l'eau. Il est de bonne humeur, sa réticence a l'air de bien l'amuser. Il propose, très enjoué, comme s'ils allaient jouer à un jeu :

— Viens, je te le fais avec du sucre. Je le faisais à mes sœurs quand j'étais un gamin.

— Je t'ai dit non.

— Écoute, moi, personnellement, je m'en fous. Mais comme t'as l'air de tenir à pouvoir faire croire que t'es elle, je te viens en aide, c'est tout. Ou alors tu portes pas de robe, remarque…

— Si, je veux porter une robe.

Elle n'en a jamais porté. Sauf à la maison, avec de grands tee-shirts. Sinon, elle n'est jamais sortie jambes nues. Même exercice que d'habitude : être à l'autre bout de Claudine, en face, différente.

Et aussi, quand elle sort avec Sébastien et qu'ils croisent une fille dévoilant ses jambes, il trouve toujours dommage qu'elles se croient obligées de tout le temps s'afficher, s'exhiber pour plaire. Il dit «vous n'êtes pas faites que pour convenir. Ce qu'elles font c'est comme collaborer. Je ne comprends pas leur attitude».

Maintenant qu'elle fait ce qu'il ne faut pas faire, juste pour voir, comme ça. Elle compte bien sortir en robe.

Et encore : ses jambes, devant le miroir, cheville tendue par le talon, le mollet droit jusqu'en haut des cuisses… elle a les mêmes que sa sœur. Qui sont les mêmes que celles des femmes dans les films classe qu'elles ont vus étant gamines.

Elle compte bien sortir en robe. Et puisque Nicolas y tient, elle le laisse préparer son drôle de caramel.

C'est la première fois qu'il fait quelque chose pour que ça marche sans qu'elle ait besoin de l'y pousser. Il se détend, doucement. Devient plus agréable.

Les talons claquent contre le parquet, font même de petites entailles dans le bois. Elle commence à s'y faire, elle est prête à sortir, reste à dénicher les clefs. Pauline passe d'une pièce à l'autre, avait commencé par bien le prendre et puis finit par s'agacer, regarde dans des coins, soulève des revues, remue des fringues qu'elle a fini par entasser à force de les essayer, les jeter en boule, les rechercher et elle ne retrouve pas les clefs. C'est genre un peu absurde, elle tourne en rond dans la baraque et puis commence à avoir chaud.

Elle est tout en rose, une jupe qui arrive jusqu'aux genoux, rareté dans cette garde-robe. Ses cheveux tirés en arrière, des heures devant le miroir à essayer d'y faire sans qu'ils se barrent dans tous les sens. Obstinément, elle ne convient pas, elle ne ressemble à rien. Même quand tout est bien fait, quelque chose qu'elle a qui déconne. Dans la chambre il y avait les coffrets, pierres rouges, bleues, ambre comme de l'eau ou d'un drôle de mauve, métal doré ou argenté, à mettre au cou, aux mains, aux poignets, aux oreilles et même faux trucs à mettre dans le nez. Dans un tiroir, ailleurs, bien rangé dans de petites boîtes, autre butin : les maquillages, couleurs de lèvres, de cils, de paupières ou de joues, des textures différentes, de vraies couleurs de peintre, toutes impossibles à se mettre elle-même. Nicolas, penché sur elle plusieurs jours, tournant la tête, absorbé par ce qu'il faisait, manipulait son visage en cherchant la lumière, expliquant qu'il faut pas trop en mettre, puisqu'elle s'y connaît mal, quelles couleurs lui font quoi, et va chercher des magazines qu'il feuillette, gestes sûrs, pour lui montrer comment elles font. Tout l'art du traficage. Et son visage à elle, ensuite, vaguement changé, s'éloignant d'elle. Elle a vite compris qu'il désirait, plus religieusement qu'il ne le pensait, avec bien plus d'application, qu'elle glisse vers Claudine. Elle était surprise de le voir la recherchant avec tant de soin, essayant de démonter ses procédés, comment elle faisait pour que ses yeux puissent s'agrandir autant, pour que la peau semble aussi douce que celle d'un fruit. Il lui a tout doucement montré. Pauline plissait les yeux : « Comment tu sais te servir d'un pinceau à joues, toi ? » Il répondait : « Toute mon enfance, j'ai vu mes sœurs faire », et s'agitait autour d'elle.

Aujourd'hui, elle est enfin prête à sortir.

Elle a rencard avec Nico en dehors de chez Claudine. Il lui faut même prendre le métro, traverser un gros bout de cette ville. Finalement, les clefs sont pendues à un clou. Probable que Nicolas les a pendues là, sans y penser, à force de toujours les avoir vues là.

Dans l'escalier, c'est moins simple que dans l'appartement pour les talons. C'est plus le même plancher, celui-là semble plus glissant, et

88

pas le même exercice des chevilles, descendre des marches. Cramponnée à la rampe, Pauline s'exécute, précautionneusement, pas à pas, arriver jusqu'en bas. Odeurs de cuisine mêlées à de la cire, des bruits derrière certaines portes. Au rez-de-chaussée, la concierge tire un peu son rideau, Pauline lui fait un signe de tête.

Elle se trompe de bouton, en sortant, voulant ouvrir la porte elle met la lumière. Puis se retrouve dehors. Elle s'imaginait qu'après des jours enfermée ça lui ferait bizarre pendant plusieurs minutes mais ça ne fait rien de spécial.

Sauf que la rue qu'elle a regardée depuis quelque temps de sa fenêtre ne fait pas pareil quand on y est. En face d'elle, sur le trottoir, deux femmes très grandes et abusivement larges ; l'une d'elles, orange, la pousse en la croisant, délibérément, la bourre d'un puissant coup d'épaule. Puis passe son chemin. Pauline fait quelques pas de côté, descend du trottoir et s'appuie contre une voiture. Une fois Nicolas conseillait, débonnaire : « T'as qu'à le prendre comme faire du roller, y a quelques combines à bien rentrer et ensuite ça ira. »

Difficile d'avancer sur le trottoir. Trop de monde, certains bloquent devant les épiceries, leurs paniers pleins de trucs improbables, d'autres discutent au beau milieu, quant aux autres, ils semblent avoir deux de tension.

Elle avance en fixant le sol. Elle croise un type et ses yeux se lèvent sur lui, instantanément, le repèrent. C'est le premier Blanc qu'elle voit depuis le début de la rue. Étrange réflexion à se faire. Elle est si peu habituée à ces pompes que pour la première fois elle remarque la différence de consistance d'un endroit du trottoir à l'autre, elle se rend compte aussi que personne dans la rue ne pose les yeux sur elle, elle est comme transparente. La femme au début qui l'avait bousculée, comme résolue à lui passer au travers, signifier « tu n'es même pas là ».

Coup d'œil dans une boutique, produits de beauté, perruques. Elle passe devant un coiffeur, puis encore une boucherie, puis arrive au métro.

Le boulevard qu'elle doit prendre est en pente. En chaussures normales elle ne l'aurait pas calculé, ça descend juste un tout petit peu. En pompes hautes, la dénivellation devient dingue, un exercice vraiment périlleux. Elle pose les pieds l'un après l'autre, aussi concentrée que sur une poutre, ne pas s'étaler devant tout le monde.

Les gens la regardent. Il y en a même qui se retournent. Et d'autres se permettent des gros plans, impunément, ses jambes, son cul, ses seins, sa bouche, certains lui font des sourires, ou des petits bruits pour l'attirer, sifflements. Elle voudrait arracher ça, les autres autour, elle ne peut qu'avancer à petits pas mesurés et faire semblant de ne rien remarquer.

Un monsieur sur le côté vend du maïs dans un caddie, odeur de grillé, il l'appelle, une sorte d'enthousiasme gentil, comme de vouloir jouer avec un chien. Une femme voilée de haut en bas est en train d'attendre son épi, elle la détaille, on ne voit que ses yeux qui la dépouillent, mépris teinté de colère. Le vendeur ne se calme pas, même quand Pauline l'a dépassé de plusieurs mètres, il continue son gros barouf. Elle est tout à fait publique, abordable, tout à fait faite pour que tout le monde s'occupe d'elle. Elle est sapée pour ça.

Coup d'œil dans la vitrine d'une bijouterie, pleine d'or et de réveils. Sa propre allure. C'est entre effroi et amusement. Elle ressemble à d'autres filles qu'elle. Jamais auparavant elle n'avait cru que c'était possible, sortir comme ça et que personne ne s'exclame : « Mais qu'est-ce que c'est que cette imposture ? » Cette allure qu'elle a, jambes sublimées, silhouette transformée. Et personne ne se rend compte qu'elle n'est pas du tout comme ça. C'est la première fois qu'elle comprend, qu'en fait aucune fille n'est comme ça.

Parvenue en bas du boulevard – les chaussures lui blessent déjà les chevilles –, elle attend pour traverser, foule de gens. Une main glisse le long de ses reins. Contact d'autant plus obscène qu'il est lent, attouchement lourd, pas furtif, une main s'attardant sur son cul. Elle se retourne, impossible de savoir qui a fait quoi, est-ce que lui ne rigole pas et de toute manière quoi lui dire, Pauline sent qu'une chiquenaude la ferait dégringoler, c'est non seulement les pompes mais encore cette jupe trop serrée. Le feu passe au vert, elle suit la foule vers l'autre trottoir. Jette un coup d'œil sur le côté, tout le quartier pue la misère, comme d'être dans une autre ville, une autre époque aussi. Et en même temps quelque chose de vif, braillements et rires, décomplexés.

Métro Barbès, les pigeons roucoulent et chient sur les colonnes, deux types vendent des melons, beaucoup de monde, à côté d'elle une femme chante doucement, belle voix grave, un homme distribue des cartons roses, cartes de marabout, le sol en est jonché, cartes vertes, bleues ou jaunes.

Il y a un passage ouvert qu'elle emprunte puis se rend compte que par là on ne paie pas, on rentre direct dans le métro sans passer par les tourniquets. Pauline croise deux gamines avec leurs seins même pas finis et des pantalons très moulants, les pompes très hautes à talons carrés, et des hauts découvrant leur ventre. En la croisant, elles la traitent de pute. Elle s'arrête, se retourne sur elles, qui s'en aperçoivent et ralentissent, l'une des deux est nerveuse, « qu'est-ce que tu me veux, sac à foutre ? Qu'est-ce qui t'arrive tu me mates comme ça ? ». Déjà des gens qui ralentissent, autour des trois filles qui se parlent fort, des fois qu'elles se maravent ou…, des gens qui s'amassent aussitôt.

Un type vend des légumes, il les apostrophe en riant : « Doucement les gamounches, doucement… » et commente pour son collègue « quand elles se battent c'est des furies » avec quelque chose de rigolard, du type qui voudrait bien voir ça.

La fille qui l'agresse a quelque chose de baraqué, elle est gaillarde et bien brutale. C'est drôle, bijoux aux poignets, couleur aux yeux, des sapes de princesse et une façon de parler bouger qui est plutôt celle d'un boxeur. Elle braille aussitôt qu'elle ne lui permet pas, sale putain, de lui parler comme ça. Clouée sur place, Pauline balbutie : « C'est pas possible de se parler comme ça, entre femmes. » Fait éclater l'autre de rire, « sale pute de Blanche pour qui tu te prends », sa copine la tire par la manche, « laisse tomber, tu vois bien que c'est une folle. Viens, on se casse, on va être en retard ». Petit cercle constitué autour d'elles, personne n'intervient encore, c'est une attention mollassonne. Le téléphone de la plus teigneuse sonne dans son sac à main, elle prend le temps de regarder Pauline, crachat dans la prunelle, « entre femmes... sale gouine ».

Et s'éloigne. Pauline se retrouve seule, aussitôt un type s'approche, un monsieur rassurant, tempes grises, il est un peu plus grand qu'elle, il pose sa main sur son avant-bras, « il ne faut pas rester là, mademoiselle, venez... », et il l'entraîne, elle prend appui sur son bras pour monter l'escalier, les chevilles lui font mal. Il commente « ravissante comme vous êtes, ça n'est pas un quartier pour vous, ça pourrait être dangereux, vous savez... Vous n'êtes pas d'ici ? ».

Comme s'il était parfaitement naturel qu'il y ait des quartiers pas pour elle. Il demande où elle va, la suit jusqu'à son quai. Il est heureux d'être avec elle, se tient bien près, il dit « je vais vous accompagner jusqu'où vous allez, ça vous évitera de mauvaises rencontres ». Comme si c'était tout naturel, qu'il lui faille quelqu'un avec elle.

Pauline fait non de la tête, lui demande de la laisser, elle dit «j'ai juste envie d'être seule». «Vous ne vous rendez pas compte», et le type se met à insister, et à lui faire des compliments, comme si elle devait bien le prendre, des compliments sur ses vêtements, «c'est rare, de nos jours, une femme qui cherche à faire plaisir aux hommes», comme si c'était dommage, comme si c'était un dû.

Elle regarde droit devant elle, refuse de trop poser les yeux sur lui. Est-ce que sa maman l'adorait, ce vieux monsieur très très galant, à tel point qu'ensuite il croie que toutes les femmes sont là pour être gentilles avec lui, chercher «à lui faire plaisir», est-ce que c'est un plaisir pour lui qu'elle se soit sapée comme une pute, est-ce qu'elle devrait bien le prendre? Elle redit qu'elle veut être seule, de plus en plus désagréable, il ne le prend pas mal, plutôt amusé comme avec une enfant. Elle le repousse violemment, «maintenant tu me lâches», et il cesse toute cette galanterie, entre ses dents, sans s'éloigner, «toi tu viendras pas te plaindre si tu te fais choper dans un coin, hein?». Elle répète qu'il doit s'éloigner, ça lui bouffe son air, ce vieux bonhomme, sa gentillesse qui ne veut qu'un truc c'est la fourrer, son zgeg tordu et dégueulasse, et il faudrait qu'elle soit aimable, il ne dégage toujours pas, il a changé ses yeux, maintenant il dit autre chose de ce qu'il pense: «Qu'est-ce que tu traînes à la Goutte-d'Or, hein? Je t'ai suivie qui venait de là-bas, t'aimes te faire fourrer par des nègres, hein?» Et elle le repousse à deux mains, oublie ses talons et sa jupe, encore une fois des gens la regardent, il ne se laisse pas renvoyer, il lui dit bas : «Tu veux pas voir la mienne ? Si t'aimes te faire enfiler par des gars bien membrés, tu vas être servie, tu vas voir... C'est ça, hein, t'aimes les grosses bites de nègres ? »

Alors intervient un bonhomme plus jeune à queue-de-cheval, la mâchoire fait genre animal mais il est super bien sapé, tout bien gonflé d'autorité, il demande à Pauline : «Vous avez un problème avec ce monsieur ? » Elle voudrait pouvoir lui répondre «occupe-toi de ton cul» mais l'autre lui fait peur et elle fait oui de la tête. Le type plus jeune chasse le vieux comme un sale chien, et le même que rien n'éloignait se sauve comme un voleur, aussitôt.

Pauline ne remercie pas, Zorro est très heureux d'être lui, dans cette situation, il lui demande «ça va ? » plein de bienveillance torve, tout doux, «vous êtes sûre, ça va ? ». Il lève les yeux au ciel : «J'ai honte d'être un homme, parfois, honte de notre propre comportement. »

Elle pense «j'ai honte d'être moi et de ne pas lui faire peur, qu'il ne m'écoute même pas et toi t'arrives et c'est réglé». Elle balbutie «ça va très bien, c'est bon... ».

Le type reste à côté d'elle, il a pris la place de l'autre, il s'occupe d'elle jusqu'à bon port.

Ils montent dans le métro, une autre fille qui a tout vu commente : «C'est ce genre de pute qui fout sa merde, elle est contente que quand ils se battent. »

Le type sourit «c'est jalousie», se penche vers elle «vous êtes tellement jolie».

C'est d'abord de la colère contre Claudine, comment peut-on se rabaisser à être traitée comme ça, s'exhiber et risquer...

Puis la colère change de registre : pourquoi elle ne pourrait pas être tranquille ?

Le type en est à « vous n'avez pas l'air d'aller bien, vous voulez qu'on sorte et qu'on prenne un café ? Vous êtes si pâle ».

Et elle répond calmement : « Je voudrais que tu crèves. Connard. Ça me donnerait des couleurs. »

Il se lève et la laisse, dernier regard échangé, il semble sincèrement blessé, pas genre dans son orgueil, plutôt blessé comme ayant honte. Elle regrette aussitôt d'avoir heurté quelqu'un qui si ça se trouve est quelqu'un de cool.

Elle regarde autour d'elle, un type lui fait un grand sourire. D'autres sont plongés dans des livres, un gamin fait bonjour aux gens du quai d'en face, la mère lui demande de s'asseoir.

Coup d'œil à sa montre, moins de quinze minutes qu'elle est sortie. Ça s'annonce rudement bien, cette affaire.

Un bar tout en longueur, dans les rouges. Distributeurs de pailles, moutarde et ketchup comme en Amérique. La serveuse est drôlement jolie, toute empaquetée dans du jean noir. Longues cannes fragiles et quelque chose de vif et vulnérable, tel un Bambi échappé de son grand écran.

Nicolas lève les yeux sur elle, elle lui sourit

doucement. Elles disent toutes qu'il a des yeux d'ange, «y en a qui ont de la chance», pense-t-il avec satisfaction.

À côté de lui, trois gamines aux yeux maquillés de traits noirs discutent autour d'un portable. L'une d'elles conseille à l'autre : «vas-y dresse-le un peu», l'autre renchérit «faut que tu le savates des fois sinon il te respecte pas». Puis elles se mettent à chercher qui appeler qui saurait quoi faire ce soir-là. Elles portent des tee-shirts bien trop petits, des soutiens-gorge modernes qui rendent leurs seins presque agressifs.

Pauline entre, une des filles la détaille brièvement et avec insistance, puis se penche pour dire quelque chose à voix basse, et les autres se retournent avant d'éclater de rire.

La jumelle s'assoit, tire sur sa jupe pour cacher le plus possible de jambe. Puis soupire, abandonne l'idée et se laisse aller au fond de sa chaise, bras ballants, bouche ouverte :

— C'est la dernière fois que je sors habillée comme ça.

Nicolas ouvre son hamburger, ôte les cornichons et rajoute une rasade de moutarde. Elle en convient :

— OK, j'ai parlé trop vite, j'ai eu tort : c'est pas si facile d'avoir l'air d'une conne.

— T'y arrives très bien.

— Jusqu'à maintenant, quand je voyais des filles pomponnées, j'imaginais bien que c'est pas pratique et que ça demande un effort…, mais à ce point-là de l'émeute, j'avais pas soupçonné.

— Ça fait partie de ce qui force le respect, qu'elles se donnent autant de mal.

— Forcé, le respect, hein ? Putain, tu marches en ville, c'est l'aventure tous les quinze mètres. Personne t'ignore. C'est d'autant plus pénible que ça tient pas debout : tu vas pas me dire que les autres filles, sous prétexte qu'elles se mettent en jupe, se font gang-banger douze fois par jour. Je comprends pas.

— T'aurais dû prendre un taxi.

— C'est sûr, j'ai qu'à plus sortir, c'est une solution. Elle est marrante, la vie, vue comme ça. Moi, c'est fini. C'est la première et dernière fois que je plaisante avec ça. Demain, je vais m'acheter des sapes normales et je prends le métro sans qu'on m'emmerde.

— Tu veux un à-valoir, t'as dit ?

— Exact.

— Alors, tu vas rester sapée comme tu es. Et tu vas venir avec moi les voir.

— Ça va, je suis pas une pute.

— Non, mais si tu fais bien la femme, on double toutes les sommes par deux.

— C'est des conneries. Ils ont kiffé l'autre soir sans que j'aie besoin de...

Il lève la main, signe que c'est pas la peine qu'elle continue :

— T'as raison, ça n'a aucune importance. Ça fait de l'effet à personne. D'ailleurs, Claudine, tout le monde s'en foutait. Ceux qui lui téléphonent pour la voir, c'est que des types qui veulent connaître son point de vue sur Heidegger ou la dérive du mouvement grunge...

La serveuse arrive, son calepin à la main,

Pauline ouvre la carte en faisant signe que non, elle ne sait pas encore ce qu'elle veut manger, la fille repart aussitôt. Elle a un air buté, petit front volontaire, des cheveux brillants et bien en ordre. Nicolas remarque que son derrière remue pendant qu'elle frotte la table.

— Ça va pas de regarder les filles comme ça ? Merde, c'est rabaissant.

— D'avoir un beau cul ?

— Se faire mater comme de la bidoche, on dirait qu'elle est en vitrine.

Elle n'a pas le temps de préciser sa pensée, la voix jaillit dans son dos :

— Claudiiine !

Reconnaissant quelqu'un, Nicolas a blêmi. Gardé son froid dans le sang, chuchoté à voix basse le temps que le mec arrive :

— Le moment est venu de voir comment tu t'en tires...

Une main saisit son cou, la paume est chaleureuse, insiste bien l'étreinte. Lèvres qui l'embrassent pas très loin des siennes, la bouche s'attarde un peu, profitant de sa peau.

Elle attend que ça finisse, qu'il se redresse pour voir à quoi il ressemble. Sa gueule est dégueulasse, à en avoir pitié tellement il est moche. Ses yeux sont trop petits, comme ceux d'un animal bête. Il laisse traîner une main sur son épaule, tend l'autre à Nicolas :

— Philippe, Mémémusic.

Nicolas rend la poignée de main :

— Nicolas. Je compose des trucs pour Claudine.

Il détache le prénom du reste de la phrase,

comme s'il le mettait entre guillemets. Pauline se demande ce qui leur prend, d'accoler leur travail à leur nom, aussi spontanément.

Philippe glisse la main dans son dos à elle, une caresse moite et possessive, exhibition de familiarité. Elle réfléchit deux secondes, puis lui demande :

— On est drôlement copains, dis donc, toi et moi ?

Il glousse. À croire qu'elle vient de le chatouiller. Elle le prend par le poignet et le dégage brutalement :

— T'évites de me toucher si tu veux qu'on reste potes.

Il se frotte les mains, adopte un petit sourire gêné, bafouille un peu :

— C'est tout nouveau, tout ça...

Il jette un regard d'appel à l'aide à Nicolas qui s'est plongé dans la carte des menus, deux doigts sur le front, très concentré. Le grand con debout est désarmé comme un môme à qui maman vient de mettre une baffe sans qu'il ait bien compris pourquoi. Alors il reste là, à côté de la table, à chercher quoi dire pour tout arranger mais sans rien trouver.

Pauline finit par suggérer :

— T'as qu'à dégager.

— Mais qu'est-ce que je t'ai fait ?

Il ne cherche plus à donner le change, à faire le type qui le prend bien. Sa face s'est bouleversée, du front au menton il transpire le vulnérable blessé. Ça la met en colère, elle secoue la tête, désigne Nicolas et gronde :

— Ça te traverse même pas le crâne qu'il

s'agit peut-être de mon petit ami et que j'ai pas envie qu'on me triture comme une pute sous son nez ?

— Mais je t'ai pas...

— T'as foutu ta merde. T'es content ?

Authentiquement furieuse. Nicolas s'éclaircit la gorge, hésite à éclater de rire. Attend que le type se casse, le dos aussi voûté que le torse était bombé quand il est arrivé. Nicolas commente :

— Il devait bien l'aimer. Il a eu l'air détruit.

— Tu parles... Ça doit surtout le contrarier de plus pouvoir se branler comme un porc entre ses deux nichons. T'as vu comme il regardait mon décolleté ?

Il en convient :

— C'était plutôt réussi pour une première imposture, mais vaudrait mieux faire preuve de tact, de temps en temps. C'est important de pas insulter tout le monde. Et puis, ça m'arrangerait que t'arrives à te dépatouiller sans m'enrôler dans tes mensonges. Je tiens pas spécialement à en prendre plein la gueule.

Mais au fond, ça lui a bien plu, cette façon de le désigner en affirmant brutalement «touche pas au territoire de mon homme». C'était bêtement confortable d'endosser le rôle.

Pas loin d'eux, un type assis sur un tabouret la regarde avec insistance, vise lui aussi le décolleté. Pauline le sent et se tortille, hargneuse.

Avec vice, mais très amicalement, Nicolas percute à quel point c'est excitant, de la voir ainsi soumise à tous les regards et voulant s'y soustraire à ce point. Aussi bandante que récalcitrante, ça lui donne un charme assez vif.

Il fait porter la conversation sur autre chose.

— T'as pas eu peur ?

— J'ai l'habitude. Toute mon enfance, j'ai eu l'occasion de jouer à ça. Ça m'arrivait presque toutes les semaines que quelqu'un m'arrête dans la rue en me prenant pour elle. Elle ne disait à personne qu'elle avait une jumelle. Alors les gens ne pouvaient pas se douter, que la même personne en était une autre.

À côté, les trois filles se lisent leurs horoscopes en poussant de grands cris, en prenant des fous rires. Elles rient comme on s'affiche, pour prouver qu'elles sont là et qu'elles font comme elles veulent.

Puis Pauline pose la seule question qui l'intéresse vraiment :

— T'as vu des gens des maisons de disques, alors ?

— Trois rencards hier, deux aujourd'hui. J'ai mon portable qui sonne, non stop… J'assure, ça m'étonne comme j'assure.

— Et alors ?

— Ils deviennent fous. Ils veulent tous qu'on vienne chez eux, moi je dis : « OK les gars, mais on peut pas être partout… Alors qu'est-ce que vous proposez ? »

Ça la fait rire. Elle sent qu'il aime bien ça. Il est lancé pour lui expliquer dans le détail qui il a vu et ce qu'ils se sont dit, elle le casse dans son élan :

— Alors, combien ils mettent ?

— C'est pas si simple.

— Ils t'ont bien donné un tarif, non ?

— Arrête de faire l'animal, on dirait que t'as pas mangé depuis deux mois. Qu'est-ce que ça te passionne tant que ça, l'à-valoir ? Y a pas que ça qui compte.

— Pour moi, il y a que l'avance. Je veux savoir combien ces bâtards sont prêts à claquer quand ils font un caprice.

— Beaucoup. Ça les rend oufs d'être plusieurs à vouloir la même chose. Chacun le veut à tout prix. Je crois qu'on peut monter vers les 100 000.

— En une fois ?

— C'est pas sûr, hein... C'est faisable, éventuellement, si on a de la chatte, s'ils continuent à s'emballer... Et surtout, si tu te décides à m'accompagner.

— Pas tout de suite.

— Il faut que tu viennes, il faut qu'ils bandent, et c'est pas moi qui leur ferai cet effet-là.

— Faut dire, tu pourrais t'arranger un peu.

Il en arrive à un de ses sujets de prédilection : comment ils dépenseront l'avance. Quel matériel, quel studio, quel ingénieur du son, quel saxophoniste... Chaque fois qu'ils se voient il lui en parle des heures, on dirait qu'il se construit une maison et ne voudrait pas se gourer dans les plans. On dirait qu'il attendait ça depuis très longtemps.

Elle fait oui de la tête au fur et à mesure, et pose quelques questions : « À quoi ça sert un extendeur ? » « Et avec qui il a déjà joué ? »

Elle s'étonne elle-même, c'est déjà arrivé, de ne ressentir ni honte ni compassion. C'est sans hostilité aucune qu'elle projette de tout foutre en l'air. Ce disque auquel il tient tant que ça. Elle n'a aucune intention de l'enregistrer. Elle ne rêve que de l'avance et d'aller se planquer quelque part pour attendre Sébastien.

Nicolas peut bien répéter « 100 000 ça a l'air énorme, ça l'est, mais pour l'industrie du disque c'est pas non plus... », il la fait doucement rigoler. Elle se voit déjà bord de mer, et Sébastien est avec elle.

ÉTÉ

Chaleur, et quoi qu'elle porte, c'est toujours ça de trop.

Chaque samedi, le bordel dans la rue atteint d'extravagants sommets. Régulièrement distraite par des pics de rumeur, Pauline vient se mettre à la fenêtre, trottoirs qui explosent de couleurs, gens qui marchent lentement, s'arrêtent, se reconnaissent, se retrouvent à cinq six au coin d'un immeuble, des cabas à leurs pieds. Et des fois, ils en viennent aux mains, se lâchent en engueulades, ça peut durer longtemps.

À l'instant, une clameur particulièrement furieuse, aussitôt elle se poste, voir de quoi il s'agit. Véhicule de police arrêté rue des Poissonniers, deux flics emmènent une femme qui vendait du tissu sur un capot de voiture, gens rassemblés autour, pas contents, la femme voulait pas se laisser faire. Les flics sont nerveux, pourtant ils sont déjà une petite dizaine, mais se sentent couillons quand même, quartier hostile, avec trop de peuple sur les trottoirs. De l'une des fenêtres, un verre a été lancé. Pauline a vu la rue se vider, les gens s'éloigner d'abord doucement puis en courant, elle a compris avec le picotement qu'ils avaient balancé de la lacrymo, elle a fermé les fenêtres. Ça puait jusque dans les rues autour, cette sale odeur de flic craintif qui peut devenir dangereux. En deux minutes ils étaient vingt, uniformes bleus se serrant les coudes, pas rassurés pour autant mais quand même arrogants, un type avec ses gamins est venu se plaindre, exalté, qu'on ne pouvait pas faire ça comme ça, il s'est fait agonir d'injures. Pauline a attendu que l'odeur s'estompe pour rouvrir les fenêtres et se pencher à nouveau dehors, comme beaucoup de voisins, et comme beaucoup d'entre eux elle regardait les keufs en bas en souhaitant que quelqu'un s'y mette et qu'on en finisse avec eux.

Allongée sur le ventre, elle parcourt le courrier de la sœur.

Chaque matin, la concierge glisse quelques enveloppes sous la porte. C'est surprenant, tant de lettres. Certaines sont longues, d'autres de simples billets, des écritures sont élégantes, d'autres ratatinées ou maladroites, certaines tournures sont émouvantes, d'autres idiotes et donnent envie de rire. Mais toutes les lettres parlent d'amour, on ne parlait que de ça à la sœur. Et pas seulement de sexe, comme Pauline se l'imaginait. Amants ou soupirants, elle en faisait une belle collection.

La même qui balourdait, « je connais un tel, je gagne tant, je fréquente machin », omettait de

106

parler de tout un pan de sa vie, ne se vantait jamais, « si tu savais comme ils m'adorent », et pourtant c'est bien le seul domaine où elle aurait pu se vanter de quoi que ce soit. Dans un placard, Pauline a trouvé de larges boîtes en carton, remplies de ces lettres-là, mots d'amour ou de hargne, beaucoup d'enveloppes ne sont pas ouvertes, bien qu'enterrées avec les autres. L'embrasement des amants prend des accents étranges ainsi entassés les uns sur les autres. Les écritures diffèrent, et puis certains passages, mais par lignes entières, les lettres sont les mêmes, d'un homme à l'autre, la ritournelle revient, « et avec aucun autre aussi bien qu'avec moi », « tu as peur de l'amour, il ne faut pas », paroles et puis promesses et de tendres menaces, « je vais casser ta porte si tu ne me réponds pas », et paquets de reproches durs, « comment peux-tu me faire ça », ou bien faisant pitié, « si tu savais l'état dans lequel tu me mets », ou encore menaçants, « tu as joué avec moi, maintenant je te vois comme t'es, je te jure que tu vas payer ».

Et rien n'est chaste là-dedans, même si rarement avoué, ses jambes sont magnifiques, ou bien ce sont ses yeux, alors vient la poitrine ou bien sa grâce ou sa chevelure, alors ce sont ses mains qui fascinent, ensorcellent, à moins que ça ne soit sa force ou sa fragilité. Quelques-uns évoquent sa chatte chaude, trésor enfoui entre ses cuisses. Nostalgie de ce château-là. Elle savait drôlement accrocher.

Chacun la prend pour lui, une évidence : elle est faite pour qui lui écrit. Il la voit mieux que le voisin, il la sait, il la connaît, elle a besoin de lui.

Et par dizaines comme ça, répartis sur des années, ils sont sûrs de leur fait : c'est pour eux qu'elle est là. Et un par un, mieux que les autres, chacun saurait s'y prendre pour la rendre heureuse.

Une phrase revient toujours, « pourquoi avoir peur du bonheur ? » — incapables qu'ils sont de comprendre qu'elle refuse une telle aubaine : leur appartenir et se laisser faire. Incapables même d'envisager que peut-être ils la dégoûtent, à s'accumuler de la sorte, que peut-être elle a de bonnes raisons de se méfier, à toujours trouver les mêmes phrases, d'un homme à l'autre, et toujours le même acharnement.

Chez certains, parfaitement assumée, il y a cette volonté de « l'avoir », pouvoir la montrer à tous les autres hommes dans la ville, qu'ils sachent qui est le patron, celui qui se tape la meilleure meuf, qu'ils bandent pour lui à travers elle.

Chez d'autres, tout aussi assumée, presque comme un cadeau, il y a cette volonté de la transformer comme ils l'entendent pour qu'elle devienne leur très vieux rêve.

Chez tous, par fulgurances, il y a cette impatience touchante, obsessionnel impératif désir, de l'avoir auprès d'eux. Il y a de très belles choses, des tournures magnifiques, concernant leurs amours, des compliments sublimes. Chaque homme voit sa Claudine, la décrit, magnifiée. Il y a de très beaux regards.

Et d'autres plus sordides. Et d'autres trop naïfs, c'en est exaspérant.

Mais aucun d'eux, depuis deux jours qu'elle parcourt ce courrier, ne pense à soupçonner que sa missive sera classée au milieu de tant d'autres.

Ces boîtes de carton remplies de lettres leur donnent pourtant ce ton particulier.

Les lisant toutes d'un coup, et en voyant arriver plusieurs chaque jour, glissées sous la porte, et entendant certains messages que certains hommes lui laissent, Pauline pense à sa sœur comme assaillie de toutes parts. Et ces attentions enflammées qu'elle soulevait si couramment la flanquaient dans sa solitude bien plus sûrement que l'indifférence.

Cette tristesse-là, Pauline la touche pour la première fois, d'être autant convoitée, et de ne convoiter personne.

On sonne à la porte. Pauline s'en approche doucement, vérifie à l'œillet que c'est bien Nicolas, lui ouvre.

Il demande :

— Qu'est-ce que tu ferais si c'était pas moi ?

— J'ouvrirais pas. C'est arrivé hier justement. Un type que j'ai jamais vu.

— Il t'a pas entendue venir regarder ?

— Si. Je lui ai parlé à travers la porte, j'ai dit que je voulais être seule. Il a insisté, j'ai dit que j'avais pas les clefs, que j'étais enfermée dedans, qu'il devait partir. Il a encore insisté, je l'ai insulté, grave, il s'est barré.

Voyant l'heure, Nicolas propose :

— On descend faire des courses tant qu'il y a pas trop de monde ?

— J'ai pas envie. On commandera des pizzas.

— J'en ai marre de leurs pizzas, c'est trop gras cette bouffe d'Américains. Bouge un peu, ça te fera du bien de prendre l'air. Pis j'ai plein de choses à te dire.

Il est déjà debout, il attend qu'elle le suive.

Passé la porte du supermarché, il fait légèrement plus frais. Un gamin pleure, debout dans un caddie, à côté de lui son père fait comme s'il ne l'entendait pas.

Nicolas raconte à Pauline ce qui s'est passé ce matin, entre lui et le label chez qui ils ont signé.

Un bonhomme bien sapé essaie gauchement de remplir un sac de pommes, il ne doit pas être très manuel.

Une madame tripote des abricots, en faisant la grimace.

Une autre renifle les barquettes de viande, affiche un même dégoût méfiant.

Un gamin propose de son coca du KFC à tous les gens qu'il croise.

Arrivé aux caisses, Nicolas choisit celle où il y aura le moins d'attente.

Pauline demande, simple confirmation :

— Alors c'est bon, ils vont tout verser sur le compte ? Tu crois que ça sera fait quand ?

— Non, finalement on a décidé de faire ça en plusieurs versements. Sinon on risque de tout claquer d'un coup et ensuite on regrettera.

Il a débité sa connerie sur le ton du mec qui assure.

110

— T'as pas fait ça ?

— Si. C'est étalé sur neuf mois, comme ça on est tranquilles pour un moment. Ça a l'air énorme, comme somme, mais ça file tellement vite...

Une très vieille dame bossue parle toute seule, derrière eux. Son panier est rempli de crèmes au chocolat, de toutes sortes, et de bouffe pour chat. Elle est énervée contre quelque chose, elle bougonne, ses cheveux blancs ressemblent à de la barbe à papa.

Dans la tête de Pauline, ça fait un vrac terrible. Étalé sur neuf mois... Elle n'avait pas envisagé une seule seconde qu'il ait une idée aussi conne. Il fait des sourires à tout le monde, il y a du champagne dans ses courses.

— Mais qu'est-ce qui t'a pris de faire ça sans me demander mon avis ?

— J'en ai discuté avec le boss, ce matin, il m'a dit que ça valait mieux. Comme c'était dans notre intérêt, j'ai décidé de...

— Ce que tu peux être servile, moi je te trouve magnifique... Juré, depuis que je te connais, je comprends mieux pourquoi tout marche sur la tête... Et merde.

Quand elle s'énerve comme ça, elle se met à tourner sur elle-même, en gigotant des doigts. Elle regarde partout autour d'elle pour éviter de le voir lui, comme si elle craignait de ne pas pouvoir s'empêcher de cogner. Ça la prend par moments, sans qu'il comprenne bien d'où ça part. Elle lui fait un peu peur quand elle prend sa lancée, et aussi vraiment chier à l'obliger de supporter ça. Alors il attend que ça lui passe, ses incontinences intestines. Elle bafouille encore quelques insultes, puis décide :

— ... de toute façon je te nique ta mère avec tes idées à la con, moi, je veux leur faire aucun cadeau, ma tune je la veux cash et d'un coup... Demain, t'iras changer le contrat.

— T'auras qu'à te le foutre dans le cul, par la même occasion.

Elle capte qu'elle a exagéré, rectifie légèrement le tir :

— Merde, Nico, pourquoi t'as fait ça sans me le dire ?

— Écoute, ma douce, t'avais qu'à venir... Ça fait trois mois que je me tape tous les rencards tout seul parce que Madame s'y abaisse pas, trois mois que je discute et qu'en plus je discute tout seul et aujourd'hui comment j'ai fait ça te convient pas... Si je suis trop un sale con pour toi, fallait pas m'emmener dans cette histoire.

En parlant, Nicolas dispose ses courses sur le tapis. Le caissier est toujours pimpant, aujourd'hui il chante un tube de Lio. Puis il brandit un pot de sauce en demandant à sa collègue si elle sait combien c'est.

Pauline murmure :

— Je te laisse faire, je t'attends devant.

Sur le trottoir, elle veut allumer une clope mais ne trouve pas de feu. Un type passe en lui disant bonjour, elle regarde ailleurs. Elle voudrait éviter de pleurer parce que quand même ça sèmerait le doute.

Elle est entrée dans ce supermarché il y a dix minutes. Elle planait grave, chaque chose était à sa place. Tout s'était déroulé comme prévu, en rêve, en légèrement mieux sur la somme. Nicolas avait fait grimper les enchères, s'était démerdé comme un chef. Tout devait être versé sur un compte qui ne servait qu'à ça, soi-disant que c'était plus pratique...

Il arrive, sacs plein les mains. Sourire timide, il espère qu'elle s'est calmée. Ce type est tout le temps conciliant. Dès qu'elle s'énerve, pour quoi que ce soit, il prend ça pour une sorte de hoquet, un truc qui va passer.
Elle tend la main pour l'aider à porter :
— Donne-moi la moitié.
Il refuse :
— C'est bon, laisse.

Elle marche derrière lui, elle ne dit plus un mot. Neuf mensualités. Ça ne ressemble plus à rien. Sébastien sera sorti dans moins de trois mois. C'est marrant comme une seule nouvelle peut tout faire valdinguer d'un seul coup. C'est deux trois mots mal assemblés et tout qui gicle, est démoli.

Appuyé contre un mur, un homme à cheveux gris hurle dans son portable, toute la rue peut l'entendre, il est rouge vif à force de s'énerver, peut-être qu'il va exploser et se répandre sur le trottoir.

Le ventilateur tourne sur lui-même, Pauline se met tout le temps devant pour prendre des caresses d'air.

Cinquième bière qu'elle tire du frigo, elle se sent un peu moins larguée. Elle va bien trouver une façon de faire changer cette clause débile. C'est comme tout, juste affaire de patience.

Nicolas coupe des oignons en tranches super-fines, comme il a vu faire les anciens dans *Les Affranchis*. Ça lui prend des plombes, pour chaque truc qu'il fait. Elle s'abstient de toute réflexion, vu que c'est déjà bien qu'il fasse la bouffe. N'empêche que ça l'énerve, cette lenteur imbécile pour couper trois légumes.

— Il faut qu'on trouve un manager, pour les concerts… T'as déjà tourné, toi ? Moi, c'est la pire nostalgie que j'ai : faire du camion. Typique le truc qu'on n'apprécie qu'avec le recul. Sur le moment, tu calcules surtout que c'est long, que t'es mal assis et c'est toujours le même baltringue qui speede pour se mettre devant… Mais des années après, tout ce qui te revient, c'est des souvenirs de fous rires et les jeux imbéciles qu'on peut jouer que dans un camion.

Il est parti là-dessus, quasiment chancelant d'enthousiasme. Elle acquiesce et s'assoit devant la télé. Elle pense : je vais rien voir du tout, connard, je vais te soutirer toute cette tune, d'une manière ou d'une autre, et je vais me barrer loin de toi, t'oublier aussitôt, et toi, pour te consoler de t'être fait mener en bateau, t'auras qu'à partir en camion, puisque ça a l'air de te distraire.

Rumeur dans la rue, elle se penche par la fenêtre pour regarder ce qui se passe. Il faut toujours un peu de temps pour y comprendre quelque chose, discerner au milieu de la foule qui est en embrouille avec qui, essayer de deviner pourquoi... Un canari s'est échappé, on le voit affolé parcourir toute la rue, il est devenu dingue sans sa cage. Plein de mains se tendent pour tenter de l'attraper, la propriétaire à sa fenêtre hurle quelque chose puis fait signe qu'elle descend.

Elle retourne s'asseoir, tripote le contrat type qu'il lui a ramené de leur maison de disques. Elle le parcourt une nouvelle fois. Il n'y a pas d'histoire de charabia, de petites lignes en dessous qu'on oublierait de lire. Tout y est noir sur blanc : je t'encule par tous les trous. C'est dit très très clairement. Et l'artiste qui s'engage à ceci et l'artiste qui s'engage à cela. Et la boîte qui devient propriétaire et s'engage à strictement rien sauf traire la vache et boire le lait.

Nicolas met en route une sauce où il balance ses tomates. Commente à voix haute tout ce qu'il fait, «pas mettre le gaz trop fort sinon ça va cramer». Comme il y met du sien, chaque fois qu'il prépare à manger. Elle se sent par moments toute désolée pour lui, puis chasse ça aussitôt, «y a pas idée d'être si béat, c'est vraiment appeler les coups durs».

C'est un été plutôt à chier. Le ciel est blanc à s'en faire claquer la rétine et d'un seul coup ça tourne, des trombes d'eau s'écrasent contre le pare-brise et alentour tout devient noir comme une nuit qui tomberait n'importe quand.

Sébastien est scotché à la fenêtre de la caisse, il dévore le paysage. Sans trop pouvoir discerner si ça lui flanque vraiment une énorme émotion ou bien s'il simule pour être conforme à l'idée qu'il se faisait de lui dehors quand il était encore là-bas. Forêt sur sa gauche, avec des arbres penchés-couchés dans un seul sens à cause du vent qui est trop fort.

Il y a d'autres gens en voiture, qui les dépassent régulièrement. Comme un bruit de vagues mécaniques. L'autoradio grésille, il bousille tous les graves, fait de la bouillie de groove.

Le bonhomme qui conduit colle trop les autres voitures. Baltringue. C'est un type qui venait au parloir. C'est son truc, il visite des gens. Il en a fait aussi, il y a longtemps pourtant. Il n'est jamais retombé, mais il n'est jamais passé à un autre endroit de sa vie. Dès qu'il est sorti, il a compris que c'était cassé, entre lui et ceux qui n'y étaient jamais allés. Il ne respectait plus grand-chose d'eux, l'impression qu'ils ne comprenaient rien, qu'ils ne savaient pas, l'essentiel, qu'ils n'avaient rien vu. Il pourrait, il ne parlerait que de ça : la rate, les matons, les codétenus, les coups de vice... C'est qu'il y tient, à sa douleur, la prunelle de son âme.

Il a proposé de le ramener en voiture, c'était bien gentil de sa part. D'ailleurs, au parloir,

Sébastien n'était pas mécontent de le voir, ça lui faisait un petit événement.

Une fois sorti, c'est presque chiant de le connaître. Panneau sur le côté, Paris est à cent cinquante bornes. Prendre son mal en patience.

Combien de temps, bien trop de fois, il a imaginé ce jour-là. Le dehors, reprendre le cours des choses, ce monde tournant sans lui, le rejoindre à nouveau. Être dehors. Il devrait abuser de joie pour accueillir sa délivrance.

Et maintenant c'est juste «ça». La météo pourrie, la caisse qui n'avance pas, qui pue un peu des pieds.

C'est peut-être ça, justement, qui fait beaucoup de bien. Pouvoir se plaindre des petites choses pas graves qui font partie d'une vie, être un peu contrarié sans que ça soye désespoir.

— Ta femme t'attend à Paris, alors?

Aigreur, en entendant cette question. Sébastien s'excuse:

— J'ai pas très envie de parler. Je voudrais surtout pas que tu le prennes mal…

— Oui, oui, je sais ce que c'est, tu sais… Je le sais.

Mais Pauline ne l'attend pas là-bas. Il ne l'a pas prévenue qu'il avait eu sa remise, soi-disant pour la surprendre. Mais s'il se l'était demandé franchement, c'était pour prendre deux jours. Et il sait très bien pour quoi faire, qu'est-ce qu'il a eu en tête toutes ces semaines, images extrêmement nettes, mêlées de souvenirs, qui le

117

font dérailler. Chaque fois c'est la même chose, en un peu pire au fur et à mesure.

Une fois qu'il l'aura fait, il se sentira encore pire que maintenant. Il le sait d'expérience. N'empêche qu'il ne peut pas s'en empêcher.

Il s'imagine la gueule par terre, prendre des coups de pied dans la tête, rafale. Il aimerait que quelqu'un l'attrape et lui colle un canon contre la tempe, qu'il tire plusieurs fois. Ça le soulagerait d'être comme il est.

Et il voudrait déjà y être.

« C'est normal, d'être comme ça, tu devrais pas te monter la tête. » Un type de sa piaule disait ça, les bras croisés derrière la nuque. Discuté des heures avec lui. Il n'avait pas eu besoin de lui expliquer dans le détail, l'autre avait compris en trois secondes. « La petite en rouge qu'on a vue dans le clip l'autre jour ? » Et il n'avait pas exhibé une connivence salace, pas de sales remarques de mecs entre eux qui parlent bien du même trou. Il avait juste secoué la tête, résigné : « Tout le monde est comme ça, sinon pourquoi y aurait tant de putains. » À ça, personne ne pouvait rien.

Pauline est accoudée à la fenêtre de sa chambre.

Un pull noir traîne, une manche repliée, tombé sur le trottoir. Une femme voilée traverse. Un vélo est attaché au poteau de sens interdit, depuis des jours, sans roues. Les volets crades d'en face, les enseignes PMU LOTO MÉTRO du tabac, fruits et légumes au Number

118

One, le mec balaie devant, une casquette sur la tête. Les gens qui passent dessinent plein de lignes différentes, trajectoires jamais identiques.

Nicolas est parti tout à l'heure. Bien plus tôt que d'habitude. Comme elle décrochait plus un mot, il a fini par lui promettre «j'irai les voir dès que possible, pour dire qu'on a changé d'avis et qu'on veut toucher tout d'un coup». Elle a vaguement secoué la tête, «fais ce que tu veux», comme si ça n'était pas le problème. Attaque subite de paranoïa, elle n'aurait jamais dû tirer sur le joint, ça lui fait ça chaque fois. Persuadée qu'il se doute de quelque chose, même qu'il la voit venir. Elle a donc soigneusement évité de s'étendre sur le sujet. Elle lui en reparlera demain, ou après, rester prudente, rien précipiter. D'abord s'assurer qu'il ne capte rien. Alors, seulement, vérifier qu'il fera bien ce qu'il faut. Si elle reste attentive, tout va finir comme elle l'entend.

Téléphone sonne, trois fois, puis le message, toujours le même, bip et la voix démarre, énervée survoltée.

Elle referme les rideaux, retourne s'asseoir. Le téléphone recommence à sonner. Pincement hargneux, milieu du ventre. Elle se promet de débrancher dès que celui-là a laissé son message, cherche la prise le long de la plinthe. Elle écoute à peine ce qui se dit sur la machine, mais le nom lui saute au tympan :

— C'est Sébastien, t'es pas là?
— Si, je suis là... Mais toi, t'es où?

— Juste en bas. Je peux monter ?
— Tu es vraiment en bas ?
— Tu me donnes ton code ?

Elle l'attend à la porte, elle ne comprend pas ce qu'il fout dehors, et encore moins comment il a pu deviner qu'elle était chez sa sœur. Elle a d'abord peur. Qu'il la voie dans cette tenue et elle n'a déjà plus le temps de se changer. Est-ce qu'il va la prendre pour une folle ? Et ce truc qu'elle a fait, elle pensait ne jamais devoir lui en parler. Est-ce qu'il va être déçu et triste ? Elle s'en veut de gâcher ce moment-là, ce jour où ils se retrouvent qui devrait être clair et gai.

Elle pense à sa bouche maquillée. Salle de bains, elle s'essuie avec la serviette, se vérifie dans la glace, trop de fards pour lui, beaucoup trop. Et déjà il est là qui sonne. Elle se précipite sur la porte.

Dans ses bras. Ce corps tout entier qu'elle connaît, rien oublié, ils sont enfouis l'un dedans l'autre, c'est comme respirer à nouveau.

Reconnaissante, qu'il la prenne d'abord dans ses bras, et reste aussi longtemps contre elle, avant de questionner. Qu'il ne juge rien avant de savoir à quoi ressemblent les choses venant de sa bouche à elle. Elle trouve rien d'autre à dire que : « Comme c'est bon de te revoir. »

Puis viennent des gestes brusques, désir nourri de tant d'attentes, c'est l'explosion. Il la prend dans ses mains comme il n'a jamais fait, rendu fou lui aussi par tout ce temps sans elle.

— Viens, Claudine, on va dans ta chambre.

120

Il l'entraîne par la main, se dirige sans hésiter vers la chambre.

Elle le suit. Ça part du nez puis palais gorge milieu poitrine et jusqu'au fond du ventre, rayure en elle de bout en bout. C'est un cœur de machine qui cogne au milieu d'elle, éboulement qui emporte tout et il ne reste rien debout, elle s'est fracassée contre le sol, chaque membre éclaté et les os presque friables.

Elle ne dit rien. Dans la chambre il s'assoit sur le lit, la regarde, lueur fauve dans son regard, et il lui sourit à moitié, une joie brutale, doucement l'attire vers lui.

— Ça fait tellement longtemps que j'attends ce moment, Claudine.

Elle le laisse faire. Persuadée qu'il va se rendre compte de sa méprise, de lui-même. Elle attend. Trop gênée pour intervenir.

Elle se laisse manipuler. Il la déshabille avec précaution, très lentement. Chaque partie du corps qu'il découvre il la dévore attentivement, des yeux, des doigts, puis viennent la bouche et la langue. Ce visage, elle ne l'a jamais vu. Traversé d'une envie frénétique, une joie éclate dans ses prunelles, dévorée de colère.

Elle aurait dû parler plus tôt. Maintenant le moment est passé. Elle ne veut pas qu'il se passe tout ce qui va se passer. Elle ne veut pas en savoir plus. N'empêche qu'elle se laisse adorer comme on se laisserait dépiauter.

Ce qu'on ne sait pas de l'autre. Tout ça, qu'il a caché.

Elle est allongée sur le dos. Il est à genoux à côté d'elle. D'une main, il tient sa tête pour qu'elle le suce. L'autre est plaquée sur ses seins, il les malaxe très fiévreusement jusqu'à lui faire un petit peu mal et quand elle cherche à se dégager elle sent sa bite qui fourre sa bouche plus violemment, l'excitation montée d'un cran.

Il la fait changer de position, régulièrement, sans un mot. Il la saisit pour la mettre comme il en a envie maintenant. Elle a la sensation d'être un parc d'attractions à elle toute seule. Elle est à quatre pattes, il corrige sa cambrure et cogne dans son ventre jusqu'à lui taper le fond. Il écarte bien son cul, elle jette un œil par-dessus son épaule, il est fasciné par cette croupe qu'il palpe et dont il dispose. Ses yeux sont devenus sombres et attentifs comme s'il s'attendait à devoir affronter des vipères.

Elle a l'impression d'être un œil au plafond. Elle sent l'aller-retour, la main claquant ses fesses. Mais c'est comme de ne pas y être, d'y assister de loin. Elle pense à autre chose, à ce qu'elle dira après, à comment il est d'habitude avec elle quand il lui fait l'amour. Elle pense : « Il baise ma sœur, il a l'habitude de faire ça. Et elle le rend comme ça, dingue de chez dingue, à être méconnaissable. » Jamais elle ne lui a fait cet effet-là. Il n'aimait pas qu'elle le prenne dans sa bouche, il glissait la main dans son cou et la faisait remonter aussitôt, avec un petit sourire gêné, « j'ai pas trop envie que tu me fasses ça ».

Il la fait revenir sur le dos. Remonte ses cuisses autour de chaque côté de son cou, il commence très doucement, à aller venir dedans son ventre, ses yeux sont rivés dans les siens. C'est impossible, à la regarder comme il la regarde, qu'il ne se rende pas compte tout de suite. Puis il accélère le mouvement, la défonce méthodiquement, maintenant il ne mate que ses seins qui vont et viennent dans tous les sens et plus ils tremblent et plus il bourre. Ça la brûle presque douloureusement tellement il sort et rentre vite. Elle a encore l'esprit ailleurs, « est-ce qu'il est venu la voir souvent », lorsqu'elle sent son corps — on ne peut pas dire malgré elle puisqu'elle n'a même pas songé à résister tellement c'est impensable — répondre à ses avances. Il a ralenti le tempo, son bassin à elle s'est soulevé et ses deux mains nouées dans son dos l'ont fait revenir bien au fond d'elle. Il lève la tête, comme un sprinter proche du triomphe, elle l'entend dire « alors, salope, t'as mis du temps, mais toi chaque fois je peux te faire jouir ». Et elle gémit. Pendant un laps de temps que plus tard elle ne pourra définir, elle est suspendue à ses reins, quelque chose dedans s'est ouvert qu'elle ne connaissait pas, tout un espace considérable sensible et absorbant, composé de mille failles. Il ne respire plus, apnée, il est trempé de sueur, il la fourre comme un dératé.

Alors elle revient à elle, se détache à nouveau, mentalement, de ce qui se joue. Il pousse une sorte de grognement. Le même qu'elle lui connaît, celui qu'il a toujours. Mais avec elle c'est un petit râle et aujourd'hui c'est un grand cri. Enfin s'abat sur elle. S'écroule. Son corps est moite, un peu trop lourd. Elle se dégage doucement, il demande « tu veux déjà que je me retire ? » et elle fait oui de la tête, elle glisse sur le côté.

Avec Pauline aussi, il aime bien rester en elle un long moment après la chose.

Il attrape un de ses seins, l'embrasse et murmure « je suis fou de tes seins ». Il sourit puis se lève pour aller se rincer.

Il fait ça aussi d'habitude, au lavabo se nettoie la bite et même se l'inspecte un petit peu.

Elle l'entend chanter à tue-tête, de l'autre côté du mur, « Je suis raide dingue de oit » en faisant le mariole.

Il n'a pas hésité pour trouver la salle de bains. Il est ici comme chez lui.

Il passe la tête par la porte :

— J'ai un petit creux, je peux jeter un œil ?

— Sers-toi.

— Bouge pas, je reviens.

Elle est couchée, les bras en croix. Il va pourtant falloir parler. Elle connaît bien cette sensation, quand la sœur prend ce qui compte le plus. C'est un vieux truc qui ne la fréquentait plus, elle se croyait sauvée de ça. Maintenant que ça revient c'est familier, ça n'a rien de doux mais c'est bien elle.

Elle se lève, sans qu'il la voie elle le regarde

124

faire dans la cuisine. Il prépare un café, il sait où sont les filtres et quelle boîte en fer prendre, celle où il y a du sucre.

Elle retourne s'allonger. Il revient avec un plateau plein de bouffe. Il est hilare. Il s'assoit à côté d'elle, l'embrasse dans le cou :

— Ça y est, je suis bien sorti. Jusqu'à ce que je sois chez toi, j'avais pas encore bien réalisé... Mais maintenant je suis dehors.

Et il étend ses bras, comme pour profiter de l'espace et tout cet air à respirer. Puis il se penche vers elle :

— Je t'ai fait jouir combien de fois ?

Comme une question qu'on pose souvent. Pauline l'attire contre elle, maintenant les larmes lui montent aux yeux, et elle l'embrasse comme elle le ferait si c'était juste elle avec lui. Il la repousse, un peu surpris, mais sans rien perdre de sa pimpance :

— Attends j'ai super-faim. On remettra ça après.

Et il éclate de rire :

— Laisse-moi quand même reprendre un peu de force...

Il a mangé, parlé, sans se rendre compte qu'elle restait là. Maintenant la gorge est trop serrée pour qu'elle puisse sortir un seul mot.

Il parle d'elle :

— Faudra que j'appelle Pauline, demain, avant de partir. T'as eu des nouvelles d'elle ?

Elle, elle fait non de la tête. Il avale la dernière bouchée de son sandwich :

— Vous vous êtes fâchées ?

Très intéressée par la question. Elle n'arrive toujours pas à dire ce qu'il faut qu'elle dise.

Il se recouche, se met contre elle. Aussitôt elle se rappelle bien, comment ce corps lui a manqué et cette présence pour s'endormir. Et qu'il est tout pour elle, sa seule douceur au monde. Elle sent sa main qui glisse, direct entre ses jambes. Elle s'écarte, il la retient, il rigole :

— Tu cherches à m'exciter encore plus ou quoi ? Arrête ton jeu, je parie que t'es toute mouillée.

— Arrête.

Elle se redresse et allume une clope, se racle la gorge comme si elle avait besoin de s'éclaircir la voix. Elle dit, sans même l'avoir prémédité :

— Tu sais que Mme Lentine, tu sais la voisine qu'était cool, elle est morte d'un seul coup.

Il fait signe qu'il s'en fout un peu :

— C'était déjà une vieille dame, quand même. Pauline t'a raconté ça quand ?

Elle sourit, comme si c'était une question bête :

— Je raconte pas nos histoires de voisine à Claudine, quand même. Tu sais que je parle pas trop. Elle est tombée dans la rue. Raide.

Il fait la grimace de quand il aime pas trop une blague :

— Tu me l'avais jamais fait ce coup-là. Et je te conseille pas trop de le faire.

Elle se frotte l'œil, fait comme si elle ne l'entendait pas. Elle continue :

— À part ça, ces connards de la régie n'ont

126

jamais envoyé personne pour remplacer le chauffe-eau. Tous les jours je flippais en ouvrant le robinet d'eau chaude. C'est des lourds, sérieux, c'est des lourds...

Il l'attrape par le bras. Ce visage-là non plus elle ne le connaissait pas, il pourrait lui en retourner une :

— Arrête ça, Claudine. Si tu veux qu'on parle de quelque chose, tu déballes cash ce que t'as à me dire... Mais tu joues pas à ça.

Il lui tord presque le poignet, elle baisse les yeux :

— Je savais pas trop comment te le dire. J'ai pris sa place il y a deux mois.

14 juillet. Les gamins pètent un plomb avec les pétards. Trois jours que ça dure. Déflagrations enchaînées, plus ou moins brusques. Au début ça faisait sursauter, « est-ce que c'était un coup de flingue ? ». Et puis on s'habitue, comme à n'importe quoi, assez vite de surcroît.

Couchée sur son lit, en fin d'après-midi, les rideaux de la chambre sont toujours tirés. Les ressorts du matelas se gravent le long de son dos, en cercles larges et durs. Elle reste des jours entiers comme ça, à ne rien faire d'autre qu'écouter le répondeur s'enclencher, les gens dans la rue s'engueuler et les gamins qui jouent dans l'escalier. La mère les rappelle, ils n'écoutent pas, il faut qu'elle monte et qu'elle les tarte. Elle reste là, boit du thé noyé dans du lait, allume des cigarettes, se met sur le ventre pour les griller.

L'image se dresse au milieu d'autres, se déploie très nettement, se fait plus présente que le présent. Elle est à quatre pattes sur le lit, lui a gardé son tee-shirt blanc, il la fait s'allonger sur le dos pour qu'elle le suce tête renversée. Elle cligne des yeux pour faire passer, ne rien penser, bloquer, dégager cette sensation nette. Elle sent, chaque fois, qu'elle se crispe, réaction, elle a mordu dans du citron. Cette honte formidable, dure comme un mur d'un noir rougi.

Cette fois encore ça fonctionne mal, le cerveau lui redonne l'image, la même qu'avant, il écarte grand ses cuisses et guide sa main pour qu'elle se branle, ses yeux à lui rivés sur elle. Fasciné par son entrejambe.

Elle tourne la tête vers le mur, comme pour physiquement envoyer l'image se faire foutre et aller hanter quelqu'un d'autre.

Couches d'émotions cohabitant dans un même corps, mais étanches les unes des autres. Une colère et être détruite, un manque de lui et de la honte, un soulagement, une tristesse lourde.

Ses ongles ne sont pas nets, longueurs inégales, un peu de noir dessous. Elle se lève pour laver ses mains, le savon blanc mousse super bien, sent bon, elle laisse couler l'eau tiède sur ses mains.

Le téléphone, encore, mordillement nauséeux. Sébastien appelle sans arrêt, ne parle pas sur le répondeur, ne raccroche pas non plus.

Il vient sonner aussi, elle reste figée quand elle l'entend, son cœur démarre à toute allure, elle ne veut pas ouvrir. Elle attend qu'il s'en aille.

Tout est devenu stupide, comme un monde rempli de fourmis.

Quand elle lui a dit, l'autre jour, il a hésité un moment. Avant de parler, il a enfilé son bénard, un tee-shirt. C'était une drôle de précaution.

Elle a profité de son silence :

— Le mieux ça serait que tu te casses d'ici. Les clefs de chez nous sont chez Armand. Je t'écrirai quand tu seras là-bas.

— Attends, attends... J'aimerais bien comprendre, quand même...

— Moi j'ai déjà compris trop de trucs. On finira ça une autre fois, d'accord ?

En lui collant son sac dans les mains, elle l'a poussé dans l'entrée. Il s'est laissé faire. Elle a bien senti que son désarroi la touchait et qu'elle voulait plein de choses au monde mais surtout pas qu'il parte. Elle a quand même ouvert la porte, évité son regard et attendu qu'il sorte. Elle crevait d'envie de le retenir et faire comme si rien de bizarre n'était arrivé. Quand il était dans l'escalier, elle s'est penchée par-dessus la rampe pour lui crier :

— Et chapeau pour le coup de reins, connard, je te savais pas si performant.

Claquement de porte.

Elle est assise sur le canapé. En fait, elle n'a pas été surprise. C'est le plus inouï qui met son voile d'absurde. Jamais elle n'a lucidement soupçonné « est-ce qu'il est allé voir ma sœur ? ». Mais maintenant qu'elle le sait, elle peut même se souvenir de quand ça a commencé et faire la chronique des fois où il est venu. Et sa tête s'est toujours arrangée, à son insu, pour ne pas faire les liens, pour ne pas se rendre compte. Surtout ne rien savoir.

Et c'était bien ainsi.

Ça ne leur a pas pris tout de suite. Bien sûr, les premières semaines que Sébastien et Pauline étaient ensemble, la sœur a fait comme d'hab. Tourné autour de lui. Quand il fallait qu'elle se penche pour prendre un truc posé à côté de lui, par hasard elle portait un tee-shirt échancré. Quand il parlait d'un groupe qu'il aimait bien, par hasard — « Comme c'est drôle ! » et ses yeux pétillaient quand elle disait ça — c'était son groupe « fav ». S'il parlait d'un pays qu'il voudrait visiter — « C'est pas possible, c'est Pauline qui te rencarde ! » — c'est là qu'elle voulait aller elle aussi, et depuis un moment. Et elle avait des attentions pour lui, des livres à lui passer, une cassette à prêter, un film qu'il devait voir.

C'était son petit manège. Pas exclusivement concocté pour emmerder Pauline, lui voler son copain. Ça la prenait de toute façon dès qu'un homme se trouvait dans le coin. Une inquiétude la saisissait, à apaiser impérativement. Il fallait qu'elle existe, au moins dans un de ces regards, détour d'une érection, vérifier qu'elle était bien là.

Et jusqu'à Sébastien, son stratagème avait toujours marché.

Un jour, elles n'avaient pas quinze ans, Pauline se souvient bien, c'était sa première grande histoire. Avec un garçon doux et triste, qui semblait tout bâti pour elle. Ça faisait déjà plusieurs semaines qu'ils se donnaient la main. Dans le jardin des parents, une table blanche en plastique avec des chaises bancales. Le garçon qui était là ne fonçait pas dans le panneau, il avait l'air de ne pas bien se rendre compte, ou de s'en foutre un peu. Claudine a perdu les pédales, exaspérée, elle a fini par soupirer « putain comme il fait chaud » et ôté son tee-shirt, puis l'a fixé droit dans les yeux, sourire de pute. Il est devenu rouge, a détourné son regard. Elle s'était allongée dans l'herbe, elle se touchait les seins comme si c'était naturel, elle se caressait devant lui, s'exhibait.

Un peu plus tard, vers le soir, ils discutaient, Pauline l'entendait dire : « Moi, j'aime faire l'amour avec des hommes bien plus vieux que moi, parce qu'ils en savent long sur les femmes… »

Alors qu'elle n'avait encore jamais couché avec personne. Le garçon ne savait pas quoi dire, il avait fini par proposer à Pauline : « On va faire un tour en ville ? »

Elle les avait laissés environ cinq minutes, juste le temps de monter mettre un pull et de se donner un coup de brosse. Par la fenêtre de sa chambre, sans faire exprès elle les a vus. Elle était couchée sur la table et lui entre ses jambes, pantalon aux chevilles.

Pauline a un peu traîné, quand elle est redescendue le garçon était parti et la sœur avait haussé les épaules : « Il en a eu marre de t'attendre. De toute façon il est un peu naze, non ? »

C'était le tout premier mec avec qui elle faisait l'amour.

Et à compter de ce jour, Pauline avait trouvé normal que la sœur s'empiffre tous ses mecs. Elle avait ce qu'elle n'avait pas, elle avait ce qu'il fallait aux hommes.

Elle ramenait donc d'elle-même chaque nouveau petit ami à la maison, pour qu'il rencontre la sœur, et qu'il parte avec elle. Jusqu'à Sébastien, le premier à ne pas vouloir de l'autre.

Avec lui, Claudine avait vite lâché l'affaire. Ils s'entendaient trop mal, elle et lui. Difficile de les laisser assis dans une même pièce sans les retrouver à se hurler dessus.

Claudine l'exaspérait : « Elle peut jamais fermer sa gueule ? Cette sale pouffiasse est bonne qu'à foutre sa merde. Et en plus elle est moche, elle fait tapin à cinquante balles. »

Les deux premières années, ils se croisaient rarement, elle et lui, et il ne s'était rien passé.

Et puis Pauline est partie faire un stage. Le premier soir, elle a appelé à la maison, tout allait bien sauf que la voiture voulait plus démarrer, rien à faire, et justement Sébastien bossait en intérim, en très lointaine banlieue. Il était assez miné, pour une fois qu'il trouvait du boulot il pouvait pas y aller et il avait déjà joint tous ses potes, personne pouvait prêter sa caisse.

— Téléphone à Claudine.

132

— Non.

— Arrête de bloquer contre elle. C'est pour lui emprunter sa tire, c'est pas pour partir en vacances avec elle.

— Je verrai, je vais m'arranger de toute façon... Merde, pour une fois que j'ai un plan.

Les jours d'après, quand elle appelait, il n'était jamais là.

Quand elle est rentrée, elle a demandé : « Où t'étais, tous les soirs ? Ça ne répondait jamais. » Juste pour savoir, comme ça. Et lui ça l'énervait : « J'étais à droite, à gauche, je peux aller boire un coup sans te faire une fiche de renseignements, non ? »

Il disait aussi :

— Finalement, c'est Claudine qui m'a dépanné pour la voiture.

— Vous vous êtes engueulés ?

— Non, non... Elle a changé ta sœur, elle n'est plus aussi conne. Faudra que je retourne chez elle, d'ailleurs. Comme elle m'a bien rendu service, je lui ai dit que je lui changerai son phare. À mon avis, j'irai lundi.

— C'est con, lundi, c'est le jour où je bosse, je pourrai pas venir.

— Ouais, mais moi, sinon j'aurai jamais le temps.

Et tout était comme avant, sauf que pendant plusieurs semaines elle ne pouvait plus l'embrasser en le croisant dans la maison. Ça l'agaçait : « T'en as jamais marre d'être tout le temps collée à moi ? » À croire que ça faisait des mois qu'il en avait assez, alors qu'avant il était tout le temps tendre. Elle lui portait sur les nerfs un peu pour n'importe quoi.

À ce moment-là, elle s'était dit que c'était de ne jamais trouver de travail qui le rendait nerveux. Il avait des petites crises, désagréables.

Maintenant elle se rend mieux compte, c'était des scènes qui tombaient juste après des soirées passées avec des potes, des nuits blanches, forcément : «Tu crois qu'on boit deux verres et qu'après on rentre se coucher? Non, on boit toute la nuit et on discute du monde entier qu'on remet dans l'ordre qu'il devrait être.»

Et puis c'était passé. Les deux amants avaient cessé de se voir.

Elle se souvient aussi quand Claudine est partie à Paris, soirée de départ, pour fêter ça. Sébastien refusait d'y aller, c'est Pauline qui avait insisté :

— On sort jamais ensemble, nulle part... Viens, on y passe, juste histoire de boire un verre, voir des gens et quand même lui dire au revoir.

— J'ai pas envie.

— S'il te plaît.

Mais arrivée là-bas elle s'était sentie mal, un brusque mal de crâne. Elle avait pris Sébastien à part :

— Moi, je rentre maintenant, t'as qu'à rester.

— Je viens avec toi.

— Reste, moi je vais dormir tout de suite, toi ici tu t'amuses.

Il était rentré le lendemain matin, sans un mot. À compter de ce jour-là, très très précisément, un abattement terrible.

Puis des voyages là-bas. Il allait à Paris, pour «affaires». Jamais il ne disait qu'il y voyait Claudine.

Mais maintenant elle le sait, chaque fois qu'il rentrait il se rendait malade, ça en devenait vraiment physique, angines ou rages de dents et autres joyeusetés, chaque fois qu'il revenait.

Seulement tout allait bien entre eux. Alors elle ne voulait rien savoir. Rien devoir changer.

Encore le téléphone. Nicolas, d'une toute petite voix :

— Je veux pas pourrir ton répondeur, mais j'approche d'un seuil de panique, à trop me demander ce que tu deviens...

Pauline décroche, pour la première fois depuis trois jours :

— J'avais besoin de repos. Ça va, toi ?

— Beaucoup mieux maintenant que je t'entends.

— Je peux passer quelques jours tranquille sans avoir à me justifier, non ? Qu'est-ce que t'avais peur qu'il m'arrive de grave ?

— Que tu deviennes aimable, subitement. Je me suis trop habitué, ça me manquerait, que tu me gueules plus dessus.

Elle fait toujours semblant de rigoler à son humour crétin. Toujours entretenir l'illusion que ça se passe à peu près bien entre eux, même si Pauline reste bougonne.

À force de faire semblant, cependant, ça devient réflexe. Elle oublie de se souvenir qu'elle ne le trouve pas drôle, qu'elle n'est pas heureuse de l'entendre, qu'elle n'a aucune envie de le voir. Les répliques se balancent d'elles-mêmes, sans que la lucidité rappelle : c'est juste pour faire exprès.

Nicolas se racle la gorge, adopte un ton de mec emmerdé :

— Faudrait qu'on parle de trucs...

Fulgurance de la montée d'adrénaline : bien sûr qu'il se doute de quelque chose, énorme panique l'explose, sa poitrine éclate. Bloque tout ça, masque hermétique. Rester exactement comme quelqu'un qui n'a rien à se reprocher. Elle propose :

— On se voit ce soir ?

Il accepte. L'air de rien, questions pour en savoir plus, déceler des raisons de s'inquiéter. Elle s'enquiert :

— Ça n'a pas l'air d'aller, tu vas me parler de choses pénibles ou quoi ?

— Pas agréables à annoncer. Pas de quoi t'en faire, non plus. Je passe vers huit ? Je resterai pas longtemps, ensuite j'ai garden-party.

— Ah ouais ? J'ai qu'à venir avec toi !

Bref silence au bout du fil, puis Nicolas soupire :

— Trois mois que je te tanne pour que tu viennes avec moi quand je sors, et c'est aujourd'hui que tu te décides !

— Ça y est, j'en ai un peu marre de voir personne. Pourquoi ça tombe mal aujourd'hui plus qu'hier ? Juste pour me faire chier ?

— On se voit tout à l'heure, on discutera. Je parierais pas que t'auras toujours envie de m'accompagner.

— On sait jamais...

Il émet un petit rire, franchement jaune dégoûté, raccroche.

Elle ne sait pas quoi en penser. Penche plutôt vers l'option : fausse alerte, c'est d'autre chose qu'il veut me parler. Mais sans perdre de vue une autre possibilité : il est assez fourbe pour me rassurer, histoire de bien me coincer ce soir. Surestimer l'ennemi, toujours prétendre qu'il est capable d'être aussi malin qu'elle. Des fois qu'il fasse seulement semblant d'être con...

Il faut qu'elle trouve la volonté d'y aller, à cette fête avec lui ce soir. Elle n'en a aucune envie. Sauf qu'elle doit sortir d'ici. Briser le cercle ayant pour noyau Sébastien, se forcer à être distraite, interrompue dans son délire.

Elle voudrait que Sébastien soit là et l'agonir d'insultes.

Elle les répète en boucle, les reproches qu'elle a à lui faire. Elle les braille à voix haute, comme s'il était là. Soulagement, aussitôt suivi d'une remontée de frustration qui exacerbe la sale blessure. À peu près consciente d'elle, Pauline sent bien que c'est autrement qu'il faudrait le prendre. Incapable de bien faire, elle est tenaillée travaillée par la crade envie d'y retourner, bien se vautrer dans ce qui fait mal. Pareille à quelqu'un qui aime l'alcool, qui saurait que ça le rend violent, il ne faut pas qu'il boive, même lui, franchement, il préférerait ne pas le faire. Mais si tu laisses une bouteille à côté de son lit, il finira par taper dedans. Obligé.

Sa bouteille à elle est pleine de regrets, de remords, de chagrin d'être abandonnée. Elle n'arrive pas à s'empêcher, tant qu'il y en a, elle tapera dedans. Obligée.

Elle n'aurait pas dû être là. Cette peine comme tout un monde qui s'écroule brutalement. Ces choses si solides qu'elles devaient ne jamais disparaître deviennent floues d'un seul coup, se retournent contre nous.

Elle n'avait qu'à ne pas être là. C'est elle qui l'a bien cherché, c'est elle qui n'a pas prévenu Sébastien. C'est quand même à cause d'elle que tout a déraillé.

Et elle, aussi, quand il la baisait comme une pute, s'est mise à gémir et il l'a entendue.

L'un comme l'autre, se lançant en pleine tête des choses qui auraient dû rester secrètes.

Elle se maquille devant le miroir. Elle pense à Nicolas, quand elle est arrivée, qui lui donnait des conseils en lui montrant des filles dans des magazines. Elle est contente de le voir, ça la surprend elle-même. Elle a hâte qu'il arrive, qu'il raconte ses conneries.

Réfléchissant à ce fameux à-valoir, elle a subitement une idée, la seule qui soit raisonnable à présent : elle va faire ce disque réellement.

Plutôt que de se barrer avec la tune toute seule et sans avoir envie d'aller où que ce soit, elle va rester dans cet appartement, ils vont entrer en studio pendant l'été. Ils vont enregistrer quelque chose de bien, ensemble.

L'avantage de l'innocence, c'est que ça permet aux autres de commettre des erreurs sans faire souffrir et ça leur laisse le temps de se rétablir un peu.

Elle se concentre pour mettre son rouge à lèvres, bien dessiner celle du haut, sans déborder. Puis elle trouve la couleur poucrave, l'ôte aussitôt. Elle ouvre tous les tubes, un par un, pour essayer de trouver le bon.

À voix haute, pour elle-même, elle commente :
— Par contre, si on le fait pour de bon, faudra changer un ou deux trucs…

Elle l'a laissé tout décider, croyant que c'était une plaisanterie. Il a un petit peu des goûts de chiottes, toujours des idées excentriques sauf que tout le monde a juste les mêmes. Pour le titre et la pochette, pour certains passages de morceaux.

Elle fait le point, mentalement, sur tout ce qu'elle a laissé passer quand elle pensait encore…

Elle se regarde dans le miroir, elle est prête. Elle a tout fait comme il faut, ça lui a pris l'après-midi.

Et les ongles à vernir, et les jambes à raser, la corne des talons à polir, les cheveux à laver-sécher tout en luttant pour qu'ils soient raides, les aisselles à raser, fond de teint à passer, les yeux à maquiller, le corps à parfumer... Tout est à trafiquer, il faut faire attention.

Ensuite choisir ce qui va le mieux au corps, au temps, à la mode, à l'occasion.

Maintenant elle se regarde, et elle trouve que ça va.

En se tournant dans tous les sens, pour se voir de dos, de profil, vérifier que tout va bien, elle constate à voix haute :

— Ça peut être top, d'enregistrer.

C'est même idiot de ne pas y avoir pensé plus tôt.

Il sonne à vingt heures pile. Pack de bières à la main, il va direct au frigo les mettre au frais.

— T'es pas très loquace, aujourd'hui.

Il cherche encore à faire le malin, mais ça se voit qu'il n'en mène pas large. Très visiblement, il aurait préféré trouver quelqu'un d'autre que lui pour la mettre au parfum. Pauline le laisse se débrouiller pour prendre son élan et faire sortir ce qu'il a de si pénible à lui dire. Elle sait déjà que ça n'aura rien à voir avec : « Alors, petite pute, t'as projeté de me planter et t'envoler avec l'avance ? » parce qu'il ne fait pas semblant d'être embarrassé.

Il s'assoit et ouvre sa canette. Elle allume la télé et commence à zapper. Elle tombe sur un film en noir et blanc, un boulanger qui a perdu sa femme. C'est la fin de l'histoire, elle revient. Un prêtre lui fait la morale. Puis il l'envoie chez son mari. Qui est très gentil avec elle. Pauline est fascinée. Même pas triste. Ça lui revient, toutes les fois où elle a vu des gens pleurer pour ça, ou bien se rendre malades, «je les imagine tous les deux…». Et pourquoi donc ça fait tant de peine alors qu'un peu tout le monde y passe.

Le boulanger s'en prend au chat, et sa femme est en larmes. Elle a l'air de beaucoup regretter. Pauline commente :

— Elle en a de la chance, d'avoir un mari pareil. Il est drôlement gentil.

Nicolas n'est pas convaincu :

— Peut-être qu'elle aurait mieux rigolé à rester dans sa grotte avec le beau gosse. De toute façon, les filles aiment jamais ça, les mecs qui sont gentils avec elles. Ou bien il faut les massacrer avant. Alors là, ça passe de faire le tendre.

— Raconte donc pas n'importe quoi et laisse-moi voir la fin du film.

— Tu l'as jamais vu ?

C'est la peur d'être trompé, au sens courant du terme. Ce qui est brisé, entre elle et Sébastien, c'est toute la confiance qu'elle avait en ces choses qu'elle savait de lui, qui ne changeaient jamais, qu'elle aimait bien. Tout ce respect pour qui elle l'imaginait être. Sa confiance a dû lui peser des tonnes. Ces idées qu'elle s'est faites, qu'elle lui a collées dessus, et t'avise pas de bouger, sinon t'auras plus rien. Et c'est pour ça qu'elle s'arrangeait, le laissait faire tant qu'il mentait. Tant qu'il restait conforme à ce fantasme qu'elle imposait.

Générique, elle zappe. Nicolas ramène deux bières. Bande-annonce d'un film, un type casse tout dans un bureau. Il hurle : «Je l'ai attendue toute la nuit.» Un copain essaie de le calmer. Le type qui est furieux explique: «Je lui ai demandé: est-ce que tu me trompes? Elle a répondu: t'as mis du temps à t'en rendre compte.» Pauline décrète:

— C'est un complot contre moi. C'est toi qui as organisé ça?

— Pourquoi, qu'est-ce qui t'arrive, t'es cocue?

Elle rezappe, sans répondre. Fait de plus en plus de conneries avec lui, qu'est-ce qui lui prend d'avoir dit ça. Surtout, jamais lui parler de Sébastien. Heureusement, Nicolas est assez absorbé par son affaire de truc à dire qu'il ne la questionne pas davantage.

Dans le cadre télé, un black à lunettes à étoiles et juché sur des mountain boots chante en se tordant dans tous les sens. Des caméras filment de dos des filles qui dansent, vues d'en dessous le popotin cash cadré. Pauline demande:

— Alors, qu'est-ce qui t'arrive? D'habitude, quand on se voit, à peine je peux respirer tellement toi tu discutes.

— J'ai pas la même forme que d'habitude.

— Je m'en plains pas: je préfère quand t'es calmé, en fait...

Elle pensait que ça le ferait embrayer. Il aime bien les conversations connes, il est fort pour enchaîner les vannes. Mais ce soir il marque des temps d'arrêt. Finit tout de même par remarquer:

— T'as amélioré ton humour ces derniers temps, toi... J'aurai au moins servi à ça.

C'est prononcé sur le ton de la blague, histoire de garder dignité, mais il ne cache pas être miné. Alors, Pauline se décide à lui faciliter les choses:

— «J'aurai au moins servi à ça»? C'est-à-dire?

— J'ai un petit peu merdé.

Encore quelques secondes à ne pas oser le dire, il adopte un air penaud, probable qu'il sait que ça lui va bien, et qu'il s'en est souvent servi. Il assène tout d'une traite:

— C'est des conneries, on n'a pas de label, ni d'édition, personne a voulu nous signer, donc on n'a pas d'à-valoir, en fait on n'a rien du tout de plus que le jour où on s'est rencontrés. Je t'ai balourdée, je saurais pas exactement dire pourquoi, d'autant que c'était clair qu'un jour ou l'autre tu le saurais...

Puis il se tait, regarde partout dans l'appartement comme s'il devait y faire des travaux, attentivement, les fenêtres, le plafond, l'évier. Laisse à Pauline un peu de temps pour intégrer ce qu'il vient de lui dire.

Elle réclame des précisions:

— Depuis combien de temps tu me balourdes?

Histoire de faire l'inventaire des dégâts, rapide état des lieux, si jamais il restait quoi que ce soit à sauver là-dedans... Il est tout piteux, mais pas écrabouillé de remords: maintenant qu'il a craché le morceau, il est prêt à rigoler. Il récapitule:

— Juste après le concert, tout le monde était partant, c'était le big biz et tout... Seulement, vite fait, ça s'est mis à foirer. Le lundi ils étaient cinq à vouloir nous signer. Le lundi d'après ils avaient déjà moins le temps. L'aurait fallu que tu m'accompagnes. Je dis pas ça pour me disculper, je le dis parce que c'est clair : tu serais venue avec moi, ils auraient pas zappé pareil. C'est là que j'ai commencé à arranger les choses, quand je venais te voir. Au début un petit peu, quand un mec me répondait « il faudrait que je vienne vous voir sur scène », moi je te disais « il faut qu'il discute du budget avec le mec qui s'en occupe ».

— Ton « un petit peu » me fait peur pour le « beaucoup » à venir.

— Ça fait presque un mois que plus personne me prend au téléphone.

— Pourquoi il y a une semaine tu m'as dit qu'on avait carrément signé ?

— Je crois que c'est mon côté mégalo. C'est agréable de raconter comme t'assures, même si tu sais que c'est des barres, ça fait vachement de bien... C'est parti d'une bonne intention, je croyais dur comme fer que d'un jour à l'autre tout allait se décoincer.

— D'où t'as les tunes que tu m'as filées, alors ?

— J'ai emprunté à ma mère. T'inquiète pour elle : ça lui manquera pas en fin de mois.

— Pourquoi ce soir tu me dis la vérité ?

— J'ai décidé ça l'autre soir, quand tu l'as mal pris pour les mensualités. Ça m'a fait atterrir. Je peux pas te mener en bateau comme ça pendant des années...

— J'en ai ma claque de vos vérités, franchement je préfère quand vous mentez.

— Note bien que c'est pareil pour moi. Si j'avais pas été sûr que ça allait mal tourner, je pouvais continuer sur ma lancée pendant encore bien dix ans avant d'en avoir marre.

Il va chercher deux bières, a retrouvé toute pimpance, développe :

— C'est vrai, pour moi, elle était impec cette situation. Toi, enfermée ici, toujours là quand je passe. J'arrive, je te raconte tout ce que je veux, je frime pendant deux trois heures. Après, je te donne deux trois conseils, sur la façon de t'habiller, te tenir, te maquiller.

Il lui demande, sur le ton de celui qui sait qu'on lui pardonne tout :

— Tu m'en veux ?

— Non. Je te trouve ridicule, malhonnête et pathétique. Mais je peux pas prétendre que ça me surprend. Et cette fête, ce soir, on est vraiment invités ou bien ça fait partie du grand balourd ?

— Non, j'ai les invits. On n'est pas encore définitivement indésirables.

— On est juste en légère disgrâce, c'est ça ?

— On a super vite passé de mode.

La vérité, c'est surtout qu'il en a eu vite marre, de s'occuper de ces conneries de contrat. Il a fait tout ça sérieusement deux ou trois jours, convaincu qu'il pourrait faire l'effort. Chassez le naturel, il revient au galop. Son naturel, c'est de rien foutre. Rapidement, il a oublié un rencard, est arrivé défoncé à un deuxième, a mal répondu à un troisième. Il s'est grillé en un rien de temps. Sans que ça l'étonne ni que ça le mine.

Elle va au frigo, s'accroupit :

— On a déjà descendu tout le pack ?

— Je descends en acheter si tu veux.

— Bien. Moi pendant ce temps je vais changer de robe.

— Elle est bien celle-là, elle te va bien.

— Elle est pas assez remarquable. C'est une robe que tu portes quand t'as déjà signé, ça.

Il la suit dans sa chambre, inquiet :

— Quel genre de truc tu veux mettre ?

— Une tenue de cosmonaute, tout le monde va trouver ça glamour.

Elle fouille dans le tas de robes. Relève la tête, surprise qu'il soit encore sur le pas de sa porte :

— Je peux me mettre à poil sans que tu sois là ?

— OK. Je descends. Quand même, depuis le début, je te trouve imprévisible. Mais c'est plutôt un compliment.

C'est difficile à croire, comment elle le prend bien. En claquant la porte derrière lui, il se fait la réflexion que c'est con, les mensonges qu'on a et qu'on trouve si terribles, une fois qu'on les crache ça ne surprend personne. Alors que d'autres choses, qu'on pensait anodines, déclenchent de grandes catastrophes.

Elle enchaîne les robes et se regarde. Met de côté celles qui sont sélectionnées. Elle a capté quelques astuces, sur ce qui touche et qui fulgure.

146

— Ça me donne la pêche, grave, cette nouvelle.

Elle croyait qu'elle faisait une blague mais c'était pour de vrai : elle a tout perdu de ce qu'elle avait, de qui elle était. À présent tout est derrière elle. Elle se sent un grand appétit, pour tout ce qui reste à venir. Maintenant qu'elle est un nouveau elle.

Téléphone sonne. Ça ne raccroche pas mais on ne dit rien sur le message. Le répondeur coupe de lui-même, quand il juge que ça a assez duré. Ça resonne aussitôt derrière. Elle débranche.

Toute bonne humeur et grandes envies se sont affalées d'un seul coup.

Taxi, à peine sortis de Paris ils roulent au milieu d'arbres et d'herbe, dans des odeurs de vert. Pauline reconnaît, pour la première fois, le mal du vieux pays. Des endroits sans douze mille voitures, où on voit le ciel un peu clairement et sur de très larges étendues. Sa ville où on prend l'apéro, dans le même bar qu'on connaît, on se croise régulièrement, même sans se téléphoner, se rencarder, se confirmer. Et d'ailleurs, sans même s'en vouloir, se soupçonner, s'évaluer.

À peine arrivée à la « garden-party », elle se repent d'avoir mis une robe pareille. Les yeux sur elle, en loucedé ou bien franco, ne lui veulent aucun bien.

Ça la frappe en quelques secondes : il doit

s'agir d'une vaste blague. Des caméras sont planquées dans les buissons. Rassemblement de caricatures, toquards et squales de tous âges.

Autour d'elle ça fait : « Oh ma chérie, comme tu es belle ! » et vas-y que ça minaude et ça éclate de rire à peu près tous les mètres, des gens ravis de se voir, bruyants. Plein de vieux, assez survoltés dans l'ensemble. « Nooon ? Tu connais pas machin machin ? Viens vite par là que je te présente. » Ils ne s'aiment pas. Ils bâfrent tous du même gâteau alors il faut qu'ils se côtoient, mais ils n'ont rien d'autre en commun que cette volonté de profiter, ni humour, ni religion, ni conviction, ni origines. Rien de rassemblant et qui fait qu'on aime être ensemble. Ils se retrouvent là par obligation, hostiles et mal à l'aise. Mais restent vigilants au pactole : le premier qui touche ma part, je le tue.

C'est une putain de réception classe, avec un lac en plein milieu et des jolies barques dessus, des buffets de toutes les couleurs, pillave gratos à volonté, beaucoup de filles jeunes et bien sapées pour orner le tout d'un peu de vice.

Pauline et Nicolas n'ont même pas encore réussi à boire un verre au bar tellement il y a de monde, et c'est à crever de rire de voir comment tous ces gens bien sapés se comportent en racaille une fois qu'il s'agit du buffet. Elle le prévient :

— Tu vas me trouver imprévisible tendance pénible, mais je resterai pas plus de dix minutes.

148

— Fais comme tu veux. Je te raccompagne-rai, si tu veux.

C'est toujours la même story : au cinquième verre elle se sent mieux. Elle est moins décidée à partir, elle dit des trucs aux gens qui passent, qui finalement sont assez cools. Un peu coin-cés, quand même. Quelque chose leur barre la gorge, rien n'en sort cash.

Le top de l'élite du business, des gens qui ont du boulot, de la tune, des vies qu'on croit trop classe. Faut vraiment voir ça de loin pour avoir l'impression que ça brille.

Un type vient d'arriver, qui alpague Nicolas :
— Alors, cette maquette ?
— Rien de neuf.
Mais le mec n'écoute pas sa réponse, il s'im-pose :
— Et la demoiselle qui t'accompagne, tu ne voudrais pas me la présenter ?
Il regarde Pauline, la dévore sciemment des yeux. Nicolas, qui attend qu'elle l'éjecte, se pré-pare à rire un peu.
Mais une autre Pauline émerge. Franchement affable. De bien la connaître, Nicolas peut saisir entre deux sourires une petite lueur méchante dans l'œil, elle le dépècerait bien sur place.
Même quand le type lui déploie son CV, façon de dire « j'ai les moyens de t'avoir, tu sais », elle reste civile et délicieuse. Bien que ne maniant pas l'arme de la flatterie discrète, que Claudine tenait pour essentielle dans toute séduction, Pauline se montre capable de ferrer le bon-

149

homme elle aussi. Usant davantage d'une distance un peu froide, un paradoxe, avec sa tenue. Un genre qu'elle porte bien.

Maintenant qu'ils sont présentés, le type s'arrange pour tourner progressivement et savamment le dos à Nicolas, l'exclure vite fait et s'occuper de la belle. Il la baratine sans latche :

— On ne vous a jamais vue, au bureau, Nicolas venait toujours seul…

— Je pensais que vous alliez nous faire faire un disque, et qu'on avait tout le temps de se voir…

— C'est pas du tout exclu, d'ailleurs ! Je suis de très très près ce que vous faites. Vous avez un don, c'est très rare.

Nicolas s'éloigne d'eux, croisant les doigts pour que ce connard omette de narrer en détail le dernier passage qu'il a fait au label. Il avait préalablement fumé de l'excellente skunk, et s'est retrouvé à ricaner bêtement au moment où on lui a présenté le grand patron. Ce dernier lui a tendu une main virile et responsable, en assenant «j'espère que vous ferez bientôt partie des nôtres», ce qui a déclenché le petit rire. Que plus rien n'a endigué. Il a quitté les locaux plié en deux, se sauvant sans même dire au revoir.

Il a juste le temps d'entendre le gros balourd faire dans le subtil et l'exotique :

— Quand on a des yeux comme les vôtres, on se déplace pour parler affaires…

Et de capter le sourire que Pauline lui dédie en réponse.

Mentalement, Nicolas commente : « Si elle se met à faire semblant, vous allez déguster les gars… »

Feu d'artifice. C'est tard, maintenant. Nicolas ne sait pas l'heure, mais vu comme il est raide, ça fait longtemps qu'il traîne dans le coin.

Une brune qui se donne un genre fatale-ritale a élu domicile à ses côtés. Il s'est d'abord creusé la tête pour se souvenir d'où il la connaît. Sans résultat. Elle se trémousse à côté de lui, comme elles aiment faire, son épaule touche souvent la sienne et même sa hanche vient le chercher. Il sent pourtant que s'il avançait une main sur elle, elle se reculerait, effarouchée, « je ne pensais pas du tout à ça ». C'est ce qui le décourage chaque fois et même finit par le rendre mauvais. Elle a envie qu'il la fourre, ça saute au ventre immédiatement. Mais on ne sait pas ce qu'elle veut en plus, qui rend les choses si compliquées.

Alors il la laisse s'agiter. Reste disponible, un peu cassant et tendre à d'autres moments. Il les connaît, à force. Elles finissent toujours par craquer. Quand elles n'en peuvent plus de s'approcher pour se faire attraper et pouvoir déclarer « mais qu'est-ce qui te prend au juste », elles lui sautent carrément dessus.

C'est alors qu'il leur fait du David Lynch appliqué. Une fois qu'il peut leur fourrer la main entre les cuisses, sans avoir eu à batailler, les faire balbutier « j'ai envie que tu me baises » pour le plaisir de s'écarter, s'excusant « une autre fois, là, j'ai pas le temps ».

Il ne va jusqu'au bout qu'avec des filles faciles. Y a que ça qui le fasse bander. Qu'elles soient prêtes à coucher dans les dix secondes qui viennent, simplement parce qu'elles ont envie de le faire. Et sans chercher à profiter.

Il a cette manie depuis tout petit, à avoir grandi entre maman qui était une très belle femme et deux sœurs. Conversations entre elles, aussi bêtes et vicieuses qu'elles peuvent l'être quand on confond son cul avec un outil de pouvoir tordu.

La brune lui parle de ses seins que son ancien mec a payés. Pour qu'il les regarde, elle est même prête à faire toucher.

Ça les pousse facile assez loin, un type restant froid devant leur charme. Il y en a qui se rouleraient par terre, frustrées.

En arrière-plan, Pauline entre dans son champ de vision. Les gens sont alignés, pour regarder les trucs éclater dans le ciel. Elle est à côté du big boss. Ça fait un bout de temps qu'ils discutent.

Nicolas pense «bien joué», parce que le bonhomme n'est pas facile à aborder. Et la regarde de loin.

Elle a le corps de Claudine. Un parc d'attractions pour garçon, plein de promesses d'inoubliables tours dans le sexe. Mais, peu rodée à la compagnie des hommes, elle oublie de minauder et de penser à son étalage. Ça fait un défaut comme une faille, qui donne envie de s'engouffrer dedans. Un genre d'appel d'air.

Quelqu'un vient chercher le patron, le tire discrètement par la manche, veut qu'il l'accompagne quelque part, lui glisse quelques mots à l'oreille. Le chef fait signe que oui, d'accord, puis se retourne vers Pauline et, avant de la quitter, note quelque chose pour elle. Probablement sa ligne directe. Puis lui tend le morceau de papier et elle note à son tour, probablement son numéro à elle.

Aussitôt, un autre bonhomme l'accapare.

Nicolas se sent soulagé. Le peu de culpabilité qu'il est capable de se créer s'évanouit à cette vision. C'est pas grave, qu'il ait tout foiré avec les labels. Pas grave non plus, qu'il n'ait aucune envie de passer des heures scotché à un ordinateur pour composer d'autres morceaux. Cette fille-là fera affaire sans lui. Elle a le chic pour créer l'événement.

Plus apte que ne l'était Claudine pour se frayer un chemin «là-dedans». D'une part à cause de sa colère qu'elle sait faire sortir sans problème, alors que la sœur l'entretenait, la laissait cogner ses entrailles plutôt que de montrer les dents.

D'autre part parce que Pauline garde la tête froide. Elle reçoit les compliments comme un dû, un gage légèrement écœurant. Aucune vapeur de sentir qu'elle plaît, elle ne perd pas de vue ce qu'elle désire. Elle n'attend rien du regard des autres, elle les méprise trop solidement.

Il la regarde, de profil, écouter ce qu'on lui dit et répondre avec véhémence, elle ne doit pas être d'accord. Des gens autour d'elle lèvent la tête, surpris, maintenant elle s'énerve carrément. Puis ils se mettent à rire, connivence avec elle. Ils l'adoptent.

Le connard qui l'a emmenée tout à l'heure rejoint Nicolas. Il a capté qu'il la regardait :
— Putain comme elle est bonne...
Nicolas ne répond rien. L'autre enchaîne songeusement :
— Dommage qu'elle soit si conne, quoi.
Puis il se tourne vers la brune, et Nicolas en profite pour aller faire un tour.
Un peu plus tard dans la soirée, il connaît le petit groupe qu'elle accompagne, elle y semble parfaitement à l'aise. S'est démerdée toute la soirée, avec les relations de Claudine, pour les blouser. Ils se sont croisés au buffet, Nicolas lui a demandé «tu t'en tires ?». Elle a répondu «plus c'est gros, mieux ça passe». Le mépris la protège de tout.
Elle quitte la fête en leur compagnie. Nicolas la regarde s'éloigner. Elle ne le cherche même pas des yeux, elle n'y pense même pas. Ça le blesse un peu, mais il se sait vengé d'avance. «Tu serais venue me voir, j'aurais pu te dire où vous alliez.»

Nuit, voiture, elle est complètement défoncée. Elle trouve que Paris c'est très beau. Ça la rend même un peu émue.
Ils devaient la ramener chez elle, mais ils

154

veulent boire un coup avant et tiennent beaucoup à ce qu'elle vienne.

Une fille à côté d'elle blablate :

— Il y a une sexualité qu'on ne peut vivre que sous alcool. Boire, c'est ça aussi : c'est accueillir ce qui devait rester caché. De notre propre désir. D'ailleurs, c'était bien pratique, ignorer ça de soi-même. Mais boire, c'est se faire un devoir d'avouer, c'est faire la lumière sur l'obscur.

C'est une rouquine resplendissante, qui devait bien connaître Claudine et semble l'adorer. Parfois, elle pose sa main sur celle de Pauline, ou la laisse traîner sur sa cuisse. Et elle lui jette des regards charmants, et des sourires de grande entente. Elle parle avec les mains, au garçon qui conduit.

Pauline bâille, puis éternue bruyamment dans ses doigts. À la soirée, là-bas, ils n'arrêtaient pas de faire tourner un CD avec des lignes de coke dessus. Elle a essayé, première fois, sans bien savoir pourquoi. Ça ne fait rien, sauf éternuer.

La rouquine continue de théoriser :

— Moi, jamais j'aurais su que j'aimais me faire prendre bien comme une chienne si j'avais pas touché à l'alcool. Le sexe sous alcool, c'est pas le même sexe qu'à jeun, tu t'admets davantage. C'est une sauvagerie, en fait.

C'est elle qui a voulu qu'elle vienne avec eux : « On va pas y aller sans Claudine ! » Et Pauline a suivi, elle en avait marre de l'autre fête. Maintenant elle a mal à la tête.

D'un coup, elle la prend à témoin :

155

— Non ? Claudine, tu dis rien, t'en penses quoi, toi ?

— J'en pense que tu causes beaucoup. Sinon...

Elle profite que les deux autres rient pour se taire et se faire oublier. La fille a d'autres trucs à dire :

— La première fois que j'ai joui, j'étais complètement ivre. Et c'est pas un hasard : l'alcool ça ouvre le ventre aux filles.

Et ça rigole encore. Pauline ricane aussi, histoire de ne pas faire de vagues. Ils ont tous une façon de parler cul en forçant sur le désinvolte qui rend chaque vanne un peu vulgaire. Elle aurait préféré qu'ils la ramènent chez elle. Peut-être que le bar n'est pas loin et qu'elle pourra rentrer à pied.

En fait ce n'est pas un bar, plutôt une boîte de nuit.

Dès qu'ils sont arrivés, son nouveau pote — dont elle ne connaît pas le nom mais lui connaît le sien parce qu'il connaît Claudine et a l'air de l'apprécier — lui a proposé de faire un tour aux chiottes pour en « reprendre un peu ».

Elle commence à sentir, au final, que ça fait quelque chose. Ces petits détails qui font les énormes différences.

Quand ils reviennent s'asseoir, les deux autres ont disparu. Pauline demande :

— Ils sont où ?

156

L'autre plisse un peu les yeux, comme un ultralucide, il répond :

— Ils ont dû rejoindre un grand club de tricot.

Puis il éclate de rire, elle sent qu'elle doit le suivre et elle rit.

Ils restent là sans rien se dire. Il n'y a presque personne dans cette boîte et la musique est putain de pécrave. Il doit y avoir d'autres pistes de danse, parce que des gens vont et viennent sans arrêt. C'est étrange, que des gens aussi soucieux d'être «au top du hip hop» viennent se finir dans ce genre de boîte. On se croirait un peu dans les Vosges, pendant les années 80... Probable que c'est du second degré. Le type se lève :

— Je vais faire un tour. Tu restes là, toi ?

— Je te suis.

C'est pas qu'elle ait envie de bouger, mais un mec s'est assis à leur gauche, avec sa femme en plus, et la regarde sans arrêt. Elle va pas rester là à attendre qu'il la branche.

Il passe par un petit couloir, vers là où il doit y avoir les autres pistes de danse.

Il s'arrête sur le palier, regarde, continue son chemin en lui faisant signe de le suivre :

— Il ne se passe rien, là.

Elle le talonne. Il s'arrête encore, un peu plus longtemps. Elle finit par s'approcher pour voir ce qu'il regarde.

Quand elle s'est masturbée, la toute première fois, elle connaissait déjà le mot et ce qu'il signifiait mais il a fallu quelques jours pour qu'elle fasse le lien entre les deux : ce qu'elle faisait et ce mot-là.

Là, c'est pareil. Elle connaît le mot : boîte à partouze, et se faisait une idée de ce qu'il signifiait. Mais ça lui prend plusieurs minutes pour comprendre où elle est et ce qui s'y passe.

À première vue, maintenant qu'elle est à côté de lui et qu'elle regarde aussi, ça faisait plutôt penser à : mouroir. Corps malades, souffrant en gémissant, misère de la mort proche, corps blancs, difformes, cherchant un soulagement. Plaintes en messes basses sortent de partout.

Il lui faut un moment pour comprendre que les gens baisent. Enfin, qu'il s'agit de sexe. Une fois qu'on sait, c'est évident. C'est à première vue que c'est bizarre.

Rôdeurs, tendent une main hésitante, femmes, renversées et languissantes sans conviction. Que du gris, partout, pas d'éclairage, pas de musique. Les gens se déplacent lentement, se fraient un chemin entre les corps.

Quand même, c'est la guerre, cet endroit, juste après la bataille, quand les corps peinent encore et certains qui réclament à boire mais plus personne pour les aider.

D'abord, son œil n'avait rien vu. Mais, petit à petit, il assemble les gestes et comprend les détails. C'est pas que ça baise ou que ça s'éclate. Mais il est question de parties génitales. En contact. Exhibées.

Une fille au bord d'un lit. Elle porte une guê-pière, les seins un peu sortis. Elle suce un mec en le regardant. Il a gardé sa chemise, futal des-cendu jusqu'aux fesses, plates et poilues. La cinquantaine mal passée, chairs blanches et flasques, un ventre rond, semble malade et les cuisses maigres comme celles d'un vieux. Il se cambre en avant. Il bande à peine, paraît content. Sa queue est mince et arc-boutée.

Autour d'eux, trois mecs regardent. Sans rien faire, sans rien dire. Ils sont encore en costard, juste la bite qui sort et qu'ils triturent molle-ment. Il y en a un qui commence à lui toucher les seins. Aussitôt elle le branle, puis tourne la tête et le suce à son tour, en continuant de caresser l'autre.

Assis à côté d'eux, un autre type se fait sucer par une fille incroyable, son dos forme un tri-angle impeccable, elle est à genoux entre ses jambes, elle le pompe savamment. Lui ne bande pas du tout. Un couple les regarde. Le mec com-mence à s'affoler, beaucoup. Lui, il bande. Mais il n'ose pas trop s'approcher. Il cherche la main de sa femme pour qu'elle s'occupe de lui. Elle porte un tailleur beige comme on en met pour les communions. Elle fait non de la tête, ne semble pas convaincue d'être contente d'être là. Et encore moins d'être excitée. Il insiste, gen-timent, fermement. Il veut qu'elle participe. Il pense que si sa femme s'y met il pourra toucher celle des autres.

Pauline le regarde faire. Elle a un neveu comme ça. Le gamin doit avoir neuf ans et il veut toujours qu'on joue avec lui à des trucs super-chiants et en plus il est très pénible. Mais il ne lâche pas, il veut qu'on joue avec lui et il peut insister des heures. Putain de morveux et tête à claques, certains bonshommes ont gardé ça.

La fille qui est à genoux a des cheveux très très longs, qui lui descendent aux fesses. Elle en fait un peu trop, dans le genre j'assure les fellations. Le mec ne bande toujours pas, mais il joue avec sa tête, ses cheveux, ses seins. Il s'occupe, les jambes écartées.

Rythmes lents, de partout, cris étouffés, gémissements glauques. Du blasphème mou et obstiné, c'est une fiesta très très retenue. Souterraine.

Un type debout à l'entrée, comme elle, la regarde depuis cinq bonnes minutes. Un autre vient d'arriver, commence à faire pareil mais en plus insistant. Du coup, le premier se décide, s'approche d'elle, pose une main sur son sein, drôle de geste, décidé mais très vigilant : comment va-t-elle réagir. Il reste la peur de s'en prendre une, même ici. Elle le repousse, se détourne pour sortir. Le deuxième type la retient par la main, il la regarde d'un air implorant. Fait penser à un clochard qui mendierait vraiment, et qu'on sent capable de braquer tellement il veut ce qu'il veut.

Pauline lui glisse à l'oreille :

— Lâche-moi sinon je vais te tuer.

Sur un ton très sérieux, pas reposé. Il porte un doigt à sa tempe, la traite de malade et s'éloigne.

Avant l'escalier, sur sa gauche, une toute petite salle obscure. Elle reconnaît la fille rousse, debout en train de se faire lécher par un vieux tout bossu agenouillé entre ses cuisses.

Quand Pauline arrive à la sortie, la vieille dame blonde qui les a gentiment accueillis fait signe qu'elle en est désolée mais :
— Vous ne pouvez pas ressortir seule.
— Je peux pas faire ce que je veux ?
Abasourdie. Il se peut qu'elle étrangle la vieille, c'est tout à fait plausible si ça ne se passe pas comme elle veut. Maintenant l'alcool ça s'est tassé mais la coco elle la sent mieux. Elle hurle aussitôt, ses mains gesticulent et menacent :
— Tu me rends ma veste, mon sac tout de suite, je me casse d'ici maintenant et t'as aucun droit de me retenir !
La vieille veut savoir avec qui elle est venue, elle le prend assez mal, qu'on hausse le ton dans son office, Pauline ne pourrait même pas lui dire le nom de celui avec qui elle est venue, elle ne le connaît pas ce type qui la connaît si bien.
Dans le bordel, il finit par arriver, s'excuse auprès de tout le monde, laisse des pourboires à peine croyables, l'entraîne par le bras.

Rue, il n'est pas énervé, ça le ferait plutôt marrer, qu'elle ait piqué une crise pareille, pour une fois qu'il se passe quelque chose qui n'était pas prévu. Il propose de la ramener. Dans la caisse, avant de démarrer, il refait deux traits, lui en tend un :

— J'ignorais que la coke ça te rendait si folle.

— C'est pas la coke. Si je veux sortir, je fais comme je veux. C'est pas une taule, qu'est-ce qui leur prend ?

— T'as l'habitude, quand même. T'aurais dû me dire que t'en avais marre... Tu te faisais chier ?

— Oui.

Il rigole, change de vitesse, conduit comme un frimeur :

— C'est bien la première fois que je te vois chômer quand on sort en boîte, toi...

Puis met de la musique, le son est classe, le morceau transforme toute la scène.

La ville est énorme et très chic, pleine de lumières et des gens un peu irréels partout, vent par la fenêtre, frais.

C'est vraiment vivre sur grand écran, renversée dans son siège.

Claudine allait là avec eux, et elle faisait des trucs là-bas. Dans cette ambiance si terne, elle, si blonde et remuante.

Et elle couchait avec Sébastien. Il lui en mettait plein partout et l'enfilait par tous les trous, dans toutes les tenues.

Pendant la fête, tout à l'heure, un monsieur l'a coincée et s'est mis à lui parler de trucs qu'ils avaient faits ensemble, comment il l'avait enculée et engodée avec une lampe.

Ça fait trois mois juste qu'elle est morte. Elle ne ressent plus jamais de colère, au contraire, elle découvre cette reconnaissance. Claudine est au plus proche, de toute façon.

Impossible pour Pauline de comprendre pourquoi elle faisait ça, tout ça, avec les hommes. C'est une misère de soi, un malheur de ne pas se préserver. Pour n'avoir rien, en plus, qu'un ramassis de mauvais souvenirs qu'on se trimbale comme une âme perdue.

Le type la laisse devant sa porte. La rue est encore déserte, drôle de la voir comme ça. Le jour se lève tout juste, elle sort de la voiture il lui tend une boulette qu'il vient de trouver dans sa poche, dit gentiment au revoir. Devait bien l'aimer, la sœur.

À son étage, la porte est défoncée, forcée, restée un peu entrebâillée. Ça lui fait d'abord peur, elle hésite à entrer. Si quelqu'un attendait Claudine, pour lui faire subir on ne sait quoi.

Debout devant son entrée, immobile. Le loquet a été arraché, cette vision l'effraie, elle se prend pour la porte pendant quelques secondes. Braquée, ouverte, facilement enfonçable.

Puis elle comprend. Bond dans sa poitrine à l'idée d'avoir deviné.

Elle entre. Allongé sur le canapé, Sébastien dort tout habillé. La télé est restée allumée. Elle vient s'asseoir contre son ventre, pose une main sur son bras, attend qu'il se réveille.

Quand il ouvre un œil elle demande :

— Tu viens te coucher ?

Sur le même ton qu'elle le lui a demandé cent cinquante fois. Et il la suit comme il l'a fait cent cinquante fois, groggy, en se frottant la nuque, comme s'ils s'étaient quittés la veille.

Couchés l'un contre l'autre, elle se met dans sa peau, c'est une vieille habitude, elle retrouve aussitôt comment mettre son bras, il n'a rien d'étranger, il est son sommeil même. Elle ne voit plus que lui, en gros plan bout d'épaule et de nuque, autour d'elle il n'y a que son souffle, son odeur et sa peau, elle est tout entière dedans lui. Il dit :

— J'ai explosé cette nuit, il fallait que je te voie.

Son grand corps est honnête, ne lui veut que du bien, elle retrouve cette seule intimité familière :

— Tu m'as tellement manqué.

Puis :

— Il faudra refaire la porte demain.

Alors, elle fait semblant de s'endormir, sa main à lui caresse son dos, l'apaise. Dedans elle, elle le supplie : «Ne me laisse plus jamais seule, faire comme j'ai fait : n'importe quoi, ne me laisse plus jamais libre d'aller voir comment c'est dehors.» Elle pense aux héroïnes de contes quand elle était gamine, qui suivaient des loups à bonne tête, c'est comme si elle revenait du bois, elle a risqué quelque chose de grave, qu'elle cerne mal, qu'elle pressent bien, des choses hideuses qui lui font des sourires. «Ne me laisse plus jamais y retourner.»

Et elle lui fait confiance, il saura la retenir,

164

tout le temps veiller sur elle, comme il l'a fait par le passé.

Ce matin-là, probablement parce qu'elle est raide, elle pense de nouveau à Claudine, qui n'avait personne pour dormir, pour se réveiller, pour qui se tenir. Personne, à côté d'elle, soucieux de lui éviter le pire.

« *Il fait chaud, il fait de plus en plus chaud…* »
Toutes les fenêtres larges ouvertes, les bruits de la rue sont comme chez eux. À croire qu'ils habitent en terrasse.

Pauline est sur le ventre, babouin enfoui dans l'oreiller, une jambe tendue l'autre repliée. Le dessous court en satin bleu qu'elle porte remonte exactement jusqu'au pli de ses fesses.

À côté du lit, une chaussure traîne, un tee-shirt roulé en boule, un livre ouvert et un papier de Miko.

Sébastien compte les clopes, jette un œil sur l'heure, évalue si c'est possible de tenir jusqu'au lendemain sans descendre en acheter. Il soupire :

— Tu veux pas aller au tabac ? Ça te ferait du bien de sortir un peu.

Elle ne répond même pas. Il insiste :

— C'est toujours moi qui vais faire les courses.

Elle rigole, se vautre dans le padoc :

— C'est ça qui est bien !

Elle se retourne et s'assoit, prend le plateau avec tout dessus pour rouler encore un biz. Elle fait sa liste :

— Faudra que tu prennes du pain aussi. Qu'est-ce qu'on va manger ce soir ?

Elle réfléchit, en se grattant un bouton de moustique :

— T'as qu'à prendre des tomates et du jambon.

Toute la semaine est passée comme ça, en fulgurances paisibles, à ne rien faire d'autre que prendre des douches, sortir du lit pour aller s'allonger sur le canapé devant la télé, boire du coca-cola glacé. Sébastien torse nu passe des heures à la fenêtre, ne se lasse jamais de ce qui se passe en bas.

Et Pauline n'en a jamais marre de passer sa main dans son dos, et tous les reliefs que ça a, son corps de bonhomme, vers les épaules, c'est comme caresser son bonheur. Une veine lui part du poignet jusqu'au cou, elle peut la suivre des doigts des heures, et poser sa joue contre son torse.

Elle n'en revient pas : tant de chaleur. Même si elle l'attendait tout le temps, et qu'elle pensait à lui chaque soir, à en pleurer de tant d'absence, elle avait tout de même oublié jusqu'où ça fait du bien.

Ils n'ont pas reparlé de ça. Sauf que souvent il l'embrasse au coin de l'œil ou juste derrière l'oreille, très doucement, il l'entoure de mille précautions, être sûr qu'elle n'a besoin de rien, et lui répète cent fois par jour : « Si je te perdais je deviendrais dingue. »

Il ne parle pas non plus de la prison. Quand elle demande il dit «c'est passé, j'y pense même plus». Elle cherche ce que ça lui a changé, elle ne trouve rien. C'est le même, bien le même qu'avant.

Il a écouté son histoire, entière, pose des questions sur Nicolas, «j'me méfie des copains de ta sœur», en prenant un air entendu. Elle éclate de rire, prête à faire une petite réflexion. Il n'aime pas qu'elle le cherche là-dessus, il l'invite à continuer, «alors après, qu'est-ce que t'as fait?».

Elle raconte, les talons, le maquillage. Elle oublie de parler des hommes dans la rue. Elle raconte, Nicolas encore, les balourds qu'il lui racontait. Et le cauchemar de l'autre soir, garden-party chez les baltringues. Elle oublie pour la boîte de nuit.

Il la serre dans ses bras comme on réconforte un enfant : «Ça y est, c'est fini.»

Et puis il est triste tout un soir, d'avoir appris que Claudine est morte. Mais ils ne s'en disent mot. Elle lui fout la paix, elle étend du linge, consulte le programme télé.

Lui laisse le temps pour encaisser. Maintenant qu'elle l'a pour elle toute seule.

Il lui fait l'amour comme avant, couché sur elle en l'embrassant, doucement, beaucoup de précautions.

Elle parle du voyage qu'ils auraient pu faire, celui qu'elle a tellement rêvé. Elle veut lui montrer des images des endroits qu'ils auraient pu voir. Il la repousse très gentiment, «arrête bébé de te faire du mal».

Ils regardent la télé, des mecs font un strip-tease. Sébastien est miné par le spectacle:

— Comme ils sont ridicules!

Quand il les voit en string, à se trémousser dans tous les sens, il en éclate de rire:

— Regarde-les! Sérieux...

Soudain il demande:

— Elles sont pas ridicules pareil, les filles quand elles font ça?

Sur le ton de l'évidence. Pauline hausse les épaules:

— Quelle différence tu veux que ça fasse?

Il montre l'écran avec sa main, les mecs finissent leur numéro cul nul. Elle se frotte l'œil:

— C'est rien qu'une question d'habitude, dans cinq ans, ça nous choquera plus, on regardera que leurs jolies poitrines...

Téléphone sonne, Nicolas sur le répondeur. Elle se lève et va le prendre. Sébastien observe:

— Il appelle tous les jours, celui-là.

Puis recommande:

— Dis-lui bien que je suis revenu. C'est plus la peine qu'il te tourne autour.

Elle le prend comme une blague. Il lui dit qu'il est dans le coin, elle propose qu'il passe boire un coup. Raccroche. Sébastien n'y tient pas:

— Tu pouvais pas lui filer rencard dans un café du coin? J'ai envie de voir personne, moi.

Elle ne répond rien. Il insiste :

— Tu peux pas le rappeler pour annuler ?

— Il appelait d'une cabine.

— Il est foireux à ce point qu'il n'a même pas de portable ?

— Il est foireux sur tous les points, en fait. À ce stade, ça tient du parti pris. Je suis sûre que tu vas le trouver cool.

Elle oublie ça dès que Nicolas entre dans le salon.

Ce qui était si naturel : le voir évoluant en ces murs, devient gênant et très bizarre. Chaque geste qu'il a et qu'elle n'a jamais remarqué se fait pesant et déplacé à présent que Sébastien le guette.

Bien que silencieuse, sa désapprobation empêche tout.

Pauline finit par se demander ce qu'ils ont trouvé à se dire, toute une saison à se voir chaque jour.

Rapidement, elle a hâte qu'il s'en aille.

Lui est un peu reconnaissante de s'en rendre compte, il ne traîne pas.

Reconnaissante, aussi, de la quitter comme si de rien n'était, de ne pas chercher à lui poser de questions. De la laisser prétendre que tout est naturel.

La porte refermée sur lui, Sébastien se déchaîne :

— Dans le genre petite tapette faiblarde, j'en ai rarement vu d'aussi réussie.

— Il frime pas, ça fait pas de lui quelqu'un de faiblard.

— Il a tellement l'air de rien, ça ferait rire tout le monde s'il frimait. Tu l'as vu, ou quoi ? Tout ratatiné efflanqué on dirait une mamie.

Elle attend que ça lui passe. Finit par rire avec lui. Domptée par sa brusquerie. Cette cruauté qu'elle aime en lui, qui donne envie d'être sa femme.

Plus tard, la lune est pleine, Pauline le regarde dormir.

Ça lui a laissé un sale goût, recevoir Nicolas et être incapable à ce point de défendre ce qu'il y avait entre eux, simplement parce que Sébastien était là et qu'elle a peur de lui déplaire.

Reviennent des souvenirs de la mère, quand le papa frappait Claudine. Elle le suppliait d'arrêter, elle en pleurait. Mais laissait faire. Il était une puissance à laquelle on ne doit même pas chercher à déroger, qu'on doit subir telle quelle. La colère du père était intimement liée à sa présence. On n'avait pas l'un sans l'autre. L'homme sans sa violence.

Pauline n'était pas celle qu'on roue de coups, mais s'en souvient cependant clairement. Recroquevillée par terre, acculée contre un mur, un corps ridiculement frêle, les deux bras croisés au-dessus de sa tête. Il est un ciel à lui tout seul, déchaîné en orage, et la voix tonne et gronde, c'est un Dieu mécontent. C'est pas les coups qui font le plus mal, c'est bien le châtiment, de déplaire à ce point. C'est cette rage noire d'adulte, nulle part en soi où s'en défendre.

La mère, pendant ce temps, s'enhardissait parfois jusqu'à retenir un bras levé fermé en poing, l'empêcher de cogner trop fort. Et quand le père s'éloignait elle se penchait sur la gamine, «tu vois dans quel état tu le mets?» car colère d'homme est légitime, on doit s'arranger pour ne pas la provoquer.

À côté d'elle, Sébastien respire profondément. Parfois il pose une main sur elle, rassurante autant que pesante.

Bien sûr, c'est d'avoir peur de lui, aussi, qui l'attache à lui si clairement. Si elle a peur, c'est que c'est un homme.

Il vient de revenir de faire les courses, range ce qu'il a acheté dans le frigidaire. Le téléphone sonne, ça l'énerve, il gueule «encore!» en claquant la porte du frigo.

Elle décroche, pour ne pas qu'il ait à supporter les trois sonneries jusqu'au message.

C'est le big boss au bout du fil, «voix de velours», ça lui conviendrait. Il a bien écouté sa maquette. Il trouve ça intéressant, vraiment, il dirait même exceptionnel, cst-ce qu'ils pourraient dîner ensemble, un soir de cette semaine, parce qu'il part en vacances?

Elle prend rendez-vous et raccroche.

Sébastien demande: «Qu'est-ce que c'était?» Elle répond: «Un copain à elle», en s'asseyant à côté de lui. Elle ne sait pas trop si elle ira. Mais elle ne sait pas quoi inventer comme excuse au cas où elle déciderait d'y aller.

Avant, elle ne lui mentait jamais. Faut dire qu'avant, elle ne faisait jamais rien.

C'est un restaurant improbable, dans le registre de la garden-party. Affiche le luxe, bel éclairage, beaucoup de vaisselle et des garçons qui remplissent les verres avant qu'ils ne soient vides. C'est comme ça que Pauline est raide vite.

Le big boss lui fait la totale, c'est le mec qui veut vraiment prendre soin d'elle. Il truffe son discours de «vous, les artistes», c'est moins pour la flatter que pour nourrir son propre fantasme : être entouré d'artistes et se la jouer mécène.

Il la mange des yeux, allonge compliment sur compliment.

Elle a balourdé Sébastien, s'est inventé une grande amie qu'elle s'est faite à Paris, qui a vraiment envie de la voir.

Elle s'ennuie grave. Pareil qu'enfant pendant les repas des grands quand elle n'avait pas le droit d'aller jouer.

Il est enthousiaste, et même ivre de joie :

— Votre voix est remarquable. Vous avez pris des cours ?

— J'ai fait le conservatoire.

— Je me disais aussi... c'est un don que vous avez, alors un don qu'on travaille, forcément ça s'entend tout de suite... J'étais très furieux contre Martin, qui n'a pas su vous repérer, je lui en ai touché deux mots... Mais je ne me fais aucune illusion, ce que je ne fais pas moi-même n'est jamais bien fait.

Il lève son verre, elle plonge ses yeux dans les siens comme on irait dans l'eau glacée, trinque. Puis elle lui adresse un grand sourire. Elle ne l'aime pas, ni son affabilité grasse, ni son putain de self-contentement, encore moins son élégance crasse. Elle regarde autour d'elle, tout le monde là-dedans est raffiné, ça joue du jazz en bruit de fond. Elle regarde les femmes, est-ce qu'elles portent des corsets dessous pour plus tard aller sucer des vieux dans des boîtes à partouze ? On dirait que tous les mecs sont vieux, un peu coincés, on dirait qu'ils sont privés d'air.

Le big boss veut donc faire le disque. Elle n'a aucune idée de pourquoi elle reste assise en face de lui à sourire comme une gourde au lieu de vider son verre, demander son manteau et se casser.

C'est assez simple, pourtant. Elle veut faire un grand voyage. Elle veut toucher une ou deux miettes et se taper des vacances valables.

Il est paternel avec elle, très directif, il dit :

— Faudra te trouver un parolier.

— J'aime bien écrire mes textes.

Il ricane, amusé :

— Je sais. Mais il y a des gens, c'est leur boulot... Je te présenterai quelqu'un.

Elle s'obstine :

— Je les trouve bien comme ça, mes chansons.

— Rebelle, hein ?

Comme une bonne blague. Un truc qui va lui passer vite, il en est tout attendri, il ajoute néanmoins :

— C'était bon dans les eighties, le trip «je

173

lève le poing, je fuck le system et vive l'anarchie...». Mais c'est plus ça, maintenant, le truc qui marche.

Elle mange ce qu'elle a dans son assiette, sans répondre. Une salade pécrave, même pas fraîche, présentée avec arrogance.

Il a des analyses sur tout, péremptoires. Elle l'imagine, chaque matin, se mettre à la fenêtre de son pavillon à Neuilly, poings sur les hanches, le menton relevé, et décider «alors maintenant c'est comme ça, comme ça et comme ça».

Il prend un peu de précautions, pour l'autre truc qu'il a à dire :

— Tu as un gros problème de son. Qui a fait les compos ?

— Nicolas, un copain. Il avait emprunté le matos, ça marchait pas trop.

— J'ai bien peur que ça ne soit pas seulement dû au matériel. C'est ton petit ami ?

— Non, c'est mon seul copain.

Il est soulagé, c'est visible. Ça devait être l'unique point noir du tableau : si elle couche avec ce type, ça sera balaise pour le larguer. Mais s'ils ne sont que copains, ça n'est plus un obstacle... Copain, pour lui, ça doit s'arrêter en primaire, quand on joue un peu au football. Ensuite, il a dû passer aux choses sérieuses : les autres, tous ces rivaux à éliminer.

Quand les serveurs viennent changer son assiette, il continue de parler, il ne les voit même pas. C'est sans effort, c'est naturel : il y a des gens autour, qui gravitent et le servent.

Il demande, il est déjà peiné pour elle, c'est quelque chose de dur qu'il doit lui annoncer :

— Et tu y tiens beaucoup, à ce Nicolas ?

— Beaucoup. C'est grâce à lui de a à z si je suis avec vous aujourd'hui.

Il soupire, il y a des choses qu'il faut savoir :

— C'est peut-être grâce à lui que tu es là. Mais c'est sûrement pas avec lui que tu iras beaucoup plus loin.

— Elles sont bien, ses compos.

Elle ne le pense pas une seule seconde. Elle sait très bien qu'elles sont foireuses, brouillonnes, bancales et pas toniques. Mais le big boss, lui, n'entend rien. C'est évident qu'il capte que dalle, il se la joue mélomane moderne mais c'est surtout un gros mafieux. Tout ce qui l'intéresse, c'est faire travailler ses gens à lui, que ça reste dans le sérail. Il veut qu'elle rentre dans sa machine, avec les autres, pour la nourrir.

Il se penche vers elle, fait un effort pour être convaincant :

— Tu as tout ce qu'il faut pour devenir une grande dame. Et moi je suis prêt à tout pour t'y aider. Il faut que tu comprennes : on va pas au sommet en groupe, on y va seule, et ceux qui restent derrière restent derrière, c'est comme ça.

Elle cherche ses mots :

— J'ai besoin de lui, pour tout un tas de raisons. J'ai besoin de lui pour ce disque.

Big boss fait non de la tête, il est vraiment désolé d'avoir à lui apprendre combien la vie est dure :

— Tu n'as besoin de personne. L'affectif, c'est l'affectif. Et le business, c'est le business. Il ne faut pas avoir peur de travailler avec les meilleurs, et moi je vais t'introduire auprès d'eux.

Elle acquiesce, elle encaisse. Elle pense que c'est une première rencontre, qu'elle l'aura à l'usure et qu'elle ne lâchera rien.

Il la soûle, avec ses clichés. Elle a envie de lui demander : et toi ta vie ressemble à quoi pour que tu la ramènes autant ?

Fin du repas, Big boss pose la vraie question, il prend des petits yeux égrillards, mec affranchi :

— Et tu sors souvent ?

Elle fait signe que non. Il n'en peut plus de connivence :

— Des amis m'ont dit... Des gens très proches, très bien, ça n'était pas pour ragoter ou... enfin, j'ai appris que tu fréquentais les...

Il cherche ses mots. Elle éteint sa clope, le laisse se débrouiller. Il trouve le terme :

— ... les clubs échangistes.

Elle fait oui de la tête. Il explique qu'il lui arrive, à lui aussi..., un peu sur le même ton qu'il dirait « moi aussi, je pose des bombes, parfois ».

C'était donc ça, depuis le début. Il appelle le garçon au passage, sort une carte de crédit de son larfeuille, hésite, la range, en sort une autre. Elle demande à reprendre un whisky, il tique un peu mais le commande. Puis elle attend qu'il lui propose d'y aller ensemble, juste faire un tour.

Elle se souvient, sur un des dépliants d'agence qu'elle a pris, comme le sable est blanc sur des plages. Elle voudrait poser son cul dessus.

AUTOMNE

Pauline sort du métro. Lumière blanche, laisse les choses grises et froides. Marchand de fleurs juste à côté, étalage bourré de couleurs, hors sujet. Un skater la dépasse, style mou-grungie un peu propret. Elle croise une madame pas croyable, avec des allures de panthère, bottes hautes jambes fines une veste de cuir blanc, on la croirait d'une autre époque. En passant à sa hauteur, la fille lui fait un petit sourire.

Un peu mal à la tête, c'est les raideurs accumulées, ça ne passe qu'avec la première gorgée de vin.

Attendre pour traverser, elle sent le froid le long de ses bras.

Maintenant elle est habituée, regards la scrutant au passage. Elle n'y fait même plus attention, serait surprise, demain, si elle passait inaperçue.

Séance photos. Studio bricolé au fond d'une cour pécrave.

Le photographe est enrhumé, n'a pas la pêche. Il l'a examinée quand elle s'est présentée, en connaisseur. En dix secondes il avait décidé comment il fallait la «traiter», a donné ses instructions à la maquilleuse et à la costumière. Sans même se tourner vers Pauline : «Qu'est-ce que tu en penses ?» Il s'occupe de tout. Il a trouvé une case dans laquelle elle rentrait. Ne reste qu'à gommer tout ce qui n'y correspond pas.

Elle reste longtemps, mal assise sur une chaise, une fille jeune lui repeint toute la face au fond de teint. Elle ne s'occupe pas d'elle non plus, discute avec sa collègue.

Pauline apprend donc sans le vouloir qu'elles sont trop mal payées, ça commence à bien faire, et que le type prend de la coke, quand il n'en a pas c'est l'enfer, et qu'un tel a présenté une collection ringarde l'autre soir.

Puis elle passe entre les mains de l'habilleuse, lui dit qu'elle ne veut pas mettre ces pompes parce qu'elles sont moches et bien trop petites. L'autre lève les yeux au ciel.

Puis elle debout en face de lui. Il est d'abord désagréable :

— On m'avait dit que tu savais y faire avec un objectif... Soi-disant que Marilyn, à comparer, avait l'air d'une grosse gourde. Alors fais un effort, merde.

Elle se sent à ce point incapable de rester

178

plus longtemps dans la lumière absurde qu'elle décide de l'envoyer chier.

Mais ils sont dérangés.

Une visite pour le photographe. Il s'éclipse dix minutes. Et revient tout ravigoté, se frotte les mains, met de la musique. Il lui dit «danse, pour voir», et ça c'est vrai qu'elle peut bien le faire.

Puis il s'échauffe, tourne autour d'elle :

— Donne-moi tes yeux, maintenant, donne.

Et donne des ordres qu'elle exécute, il la martèle d'encouragements, «oui, c'est bon ça, vas-y».

Puis c'est fini, il lui serre distraitement la main. Elle se retrouve dehors. Ça lui broie l'estomac. Humiliation, à en désirer se vomir. Comment elle en est venue à faire exactement ce qu'il voulait qu'elle fasse. Pourquoi elle n'est pas partie. Elle le sentait, pendant, qu'elle donnait de son intimité, même que ça l'a excitée, d'une sale façon très bouleversante, d'entrer dans ce jeu-là.

Des gestes lui sont venus, qu'elle n'avait jamais faits. Des attitudes de femme lascive qu'elle s'est rabaissée à mimer. Il a suffi de l'entendre souffler «vas-y, oui, comme ça» et le sentir tourner autour d'elle pour qu'elle s'affiche comme une salope. À croire que c'est une seconde nature.

L'hostilité massive que ça provoquait chez elle, voir une fille se «manquant de respect». Les choses étaient alors si claires : ce que chacun fait, il le décide. Elle ignorait encore comme c'est facile de se faire entraîner.

Elle s'était barricadée à tel point qu'elle ne croisait aucun faux guide, elle ne risquait aucun baratineur.

Maintenant qu'elle a fait un pas au-dehors, elle sent bien que tout lui échappe.

Elle repense souvent à Claudine. Ses dégoûts changent avec le temps.

Pendant le collège, l'autre a tourné en fille d'un seul coup. Transformation aussi rapide que radicale. Accueillie de toute part avec applaudissements.

Claudine, qui jusqu'alors ne ramassait que des claques et n'avait aucun intérêt, était devenue «une belle jeune fille». Ça suffisait pour qu'on l'accepte. Et elle avait bien vite compris que ça suffirait pour qu'on l'adore.

Elle qui avait pris l'habitude de rester tassée sur une chaise, se faire oublier autant que possible, était d'un seul coup tombée sur le deal génial : fais gentiment la fille, alors tu pourras te redresser.

Elle se l'était tenu pour dit, s'y était entièrement dévouée.

Pauline assistait à la métamorphose et à la célébration qui l'accompagnait, comme à un déraillement de réalité. Stupéfaite, elle avait d'abord espéré que tous ces gens se réveillent et retrouvent une attitude raisonnable. Mais l'entourage s'était montré unanime et inflexible : encouragements de tous côtés.

En réaction, Pauline était devenue le seul

témoin miraculé de leur petite enfance. Elle ne ratait jamais une occasion de rappeler à l'autre ce qu'elle était, ce qu'elle ne devait jamais oublier d'être. Lente, gourde, maladroite. Idiote. De façon désolante. Sombre idiote.

Claudine lui rendait la pareille, saisissant toute opportunité de ramener sa sœur à ce qu'elle était : pas attirante, pas aimable, moche et terne et même pas agréable.

Elle connaît le chemin par cœur, pour arriver jusqu'au label. Il faut tout le temps qu'elle passe là-bas, voir ci, régler ça, et rencontrer machin et puis signer des trucs.

La standardiste est toujours affable avec elle. La prend pour une conne, comme tout le monde ici. Personne ne cherche à lui parler, ils sont déjà tous au courant : elle est roulée comme un enfer, mais il lui en manque en cervelle.

C'était déroutant au début, capter des yeux qui se lèvent au ciel chaque fois qu'elle sortait une phrase, et des fous rires mal étouffés si elle faisait une réflexion. Il suffit qu'elle ouvre la bouche, les gens guettent l'idiotie énorme que forcément elle va sortir. Même «je prendrais bien un café», ça ne passe pas sans qu'ils se foutent d'elle.

Pourtant, dans la boîte, dans l'ensemble, c'est pas franchement des flèches.

Assise dans le bureau de Martin. Il téléphone, chaque fois qu'elle vient, il dit trois mots, ça sonne, il en a pour un quart d'heure, puis trois autres mots, ça sonne, et c'est reparti pour un quart d'heure.

Il lui en veut franchement. Il fait tout comme il faut parce que le patron surveille. Mais n'a pas apprécié qu'on lui impose quelqu'un. Elle paie un peu sur tous les plans.

Aujourd'hui, il l'observe en silence, pensif, puis il fronce les sourcils :

— Va falloir te faire refaire le nez.

— J'irai demain.

— Je suis sérieux, c'est Chloé qui nous a fait la remarque. Je vais me renseigner.

— Tiens-moi au courant, ça m'intéresse.

Ils se font des réflexions sur elle pendant qu'elle n'est pas là. Et quand elle arrive ils envoient les «va falloir que» et autres «t'oublieras pas de».

Ils débordent d'idées fantastiques, exclusivement originales. Elle les trouve à déborder de rire.

Il est plus mordant que d'habitude, parce qu'hier le boss s'est énervé. Elle a dit oui pour le parolier, elle a dit oui pour le mec du son, elle a dit oui pour l'habilleuse. Ils ont ce qu'elle veut : beaucoup d'argent, elle attend le jour propice pour plonger la main dedans.

Elle voulait pas qu'ils remplacent Nicolas. Elle croyait qu'en choisissant un seul point de résistance elle pourrait tenir bon. Ils ne supportent pas de travailler avec quelqu'un qui ne soit pas déjà connu. Le talent, ils l'ont répertorié, il est dans leur carnet et on ne va pas chercher ailleurs. C'est un genre de réflexe : ça doit tourner sur très peu de monde, sinon c'est la fin des fortunes.

Alors le boss l'a convoquée, bien plus fâché que d'habitude :

— Écoute-moi bien, Claudine : si ce disque ne se fait pas, je serai très déçu, mais demain en me levant je ne serai pas désespéré.

Elle était assise dans le bureau, le boss contrarié attendait qu'elle prenne la bonne décision. Tout ça c'est pour son bien, alors qu'est-ce qu'elle fait chier ?

Elle a dit qu'il avait raison. Rentrée chez elle, téléphoné à Nicolas. Elle doit le voir ce soir.

Elle attend que Martin ait fini de lui expliquer un truc, sur comment ils feront en studio. Ça pourrait se dire en quatre cinq phrases, ça lui prend sept huit paragraphes. Il est infoutu d'être concis.

Avant qu'elle parte, Martin lui fait signe que c'est pas fini :

— Le boss veut te voir.

Avec un sourire méprisant, pour bien montrer qu'il sait pourquoi.

Il peut se le carrer profond, le sourire méprisant. Quand elle s'assoit en face de lui, il perd le fil de la phrase dès qu'elle s'avise de bouger une jambe.

Ensuite elle traverse le local. Au milieu, il y a une vaste pièce où ils sont plein à travailler. Plusieurs relèvent la tête, le font avec insistance, puis ça bavasse dans son dos.

Tout le monde est au courant, pourquoi le patron la voit souvent, qu'elle a signé parce qu'il la fourre.

Elle frappe avant d'entrer, mais Martin a déjà téléphoné pour prévenir qu'il l'envoyait. Quand il s'adresse au boss, il parle d'elle avec du respect.

Parfois elle se trouve une excuse. Mais il faut bien qu'elle passe, régulièrement, au bureau du patron. Il lui fait les mêmes trucs que Sébastien faisait à Claudine. À croire qu'ils se connaissent, ou ont appris au même endroit. Le moment venu, c'est les mêmes gestes et les mêmes mots, jusqu'aux visages qui se ressemblent.

C'est une pièce très vaste, très beaux meubles, petit bar. Son bureau à lui est immense, et solide. Elle tient entière couchée dessus et lui avec couché sur elle.

— Quoi de neuf ?

Chaque fois, ça s'organise pareil. Quart d'heure de discussion, il s'intéresse de près au disque, donne des conseils, des ordres, note des trucs qu'il ne doit pas oublier de faire pour elle. Qu'il n'oublie jamais de faire. Il s'en occupe très bien, de sa nouvelle chanteuse. Il lui sert à boire, s'inquiète de ses moindres problèmes. Il la traite comme une reine, ça fait partie du cinéma.

C'est une idée qu'il se fait des femmes, un devoir d'être galant avec elles. Parce qu'elles sont pures, belles, vénérables. Il est de la vieille école, quand elles étaient vraiment des animaux lointains, bizarres, coupées de tout sauf de son plaisir.

Alors il l'entoure d'attentions. Sinon, ça n'aurait pas la même saveur, quand il l'enfile par tous les trous en la traitant de bonne salope. Il faut bien vénérer un peu, pour ensuite pouvoir blasphémer.

Court silence. Et ça commence :

— Il fait chaud. Pourquoi tu n'ouvres pas un peu ton chemisier ?

Il la regarde faire. Il aime que ça soit doucement, bouton par bouton. Puis elle doit se caresser les seins, ça peut durer cinq bonnes minutes, c'est un spectacle qui le sidère.

— Renverse-toi un peu en arrière, caresse-toi bien la poitrine, oui... Enlève ton soutien-gorge maintenant, que je voie tes beaux nichons.

Là, il commence les drôles de bruits. C'est pas un rire, c'est pas une plainte, c'est son drôle de bruit qu'il a quand ça l'affole.

Elle fait ce qu'il dit, c'est chaque fois déconcertant, que le seul fait qu'elle montre son corps puisse le mettre dans un tel état.

C'est qu'elle fasse ça pour lui, c'est l'impudeur ou on ne sait quoi. En tout cas, c'est pas rien.

— Écarte les jambes maintenant, ôte ton slip, fais-le glisser, voilà... Touche-toi devant moi, branle-toi la chatte.

Là, il faut qu'elle gémisse un peu. L'idée qu'elle soit excitée lui monte au cerveau directement. C'est chaque fois comme un grand miracle, quelque chose qui transporterait : une femme qui jouit, devant lui, impunément, ça le téléporte dans d'autres sphères.

Quand il lui sort sa petite quéquette, toute moche et tendue malgré l'âge, elle est gênée pour lui. Son truc mince et rougeaud, il en fait toute une aventure, à le voir la besogner, on croirait qu'il s'agit d'un sabre.

— Viens là, à genoux, viens sous le bureau me faire plaisir.

C'est drôle, comme les hommes ne pensent pas à être complexés. Enfin, pas encore. Il est tout pourri de partout, la nature ingrate avec lui, mais il ne pense pas à être gêné, il ne pense qu'à son énorme plaisir. Ça doit être bien, d'être comme ça, con pour les autres qui doivent se le supporter, mais agréable à vivre. Ne penser qu'à son regard qui se pose et pas penser la réciproque.

Ensuite, elle est en levrette, elle pousse des cris comme il aime bien, il la bourre en disant :
— Je vais te faire jouir.

Et en lui claquant les fesses, quand c'est fini elles sont toutes rouges.

Il est persuadé qu'elle aime ça. Une fois, quand même, il a demandé « mais tu ne simules pas avec moi ? ». Elle a répondu « pourquoi je ferais ça ? » et ça l'a rassuré, pleinement. Il est un peu dingue de sa queue, il ne s'en remettra jamais, d'en avoir une et qu'elle devienne dure. Il n'est pas difficile à convaincre qu'elle marche

186

bien, qu'elle lui remue tout l'intérieur. Il s'en doutait.

Il croit que si elle est capable de le faire avec lui, c'est que forcément elle adore ça aussi. Il doit penser que les prostituées sont nées avec une marque au front, qui les distingue des autres femmes. Il doit s'imaginer que si elle kiffait pas, son trou resterait fermé, ou ses cuisses complètement soudées. C'est qu'il en croit des choses, c'est qu'il les aime, les femmes, ces animaux splendides et différents...

Il lui a dit, une fois, « il y a des gens qui se doutent pour nous. Ils s'imaginent que tu fais ça par intérêt ». Il a souri, satisfait, au courant de secrets que les autres ignorent : « Ils savent pas le numéro que t'es. »

Et c'est un énorme compliment. Il la trouve affranchie, libérée, vraiment une femme comme il les aime.

S'il savait, son bout de barbaque, l'effet que ça lui fait, en vrai, il penserait sûrement qu'elle a un problème. C'est clair que des deux, ça doit être elle qui a un problème.

Jamais les femmes, elles, ne sont tarées comme les hommes sont capables de l'être, à vouloir tout le temps le faire avec tout le monde dans tous les sens. Les femmes, elles ont un trou, ça marche toujours et elles sont là, avec des ventres capables de gonfler et de bâtir un enfant. Elles ne passent pas leur temps, inquiètes, avec leur machin à se demander s'il peut grossir et s'extasier quand il est raide.

Quand il sent que ça vient, il panique, il sort d'elle, lui demande de se retourner pendant qu'il se branle pour lui en mettre sur les seins.

Encore une fois, tâcher de se persuader qu'il y a quelque chose qui sort d'eux. Trois fois rien, un peu de morve blanche. Ils sont tout oufs de le voir quelque part.

Ensuite, ils se rhabillent et discutent encore un moment. Il est plein de respect bienveillant, l'écoute, s'intéresse, la rassure.

Avant qu'elle parte, s'enquiert, chaque fois :
— Tu n'as besoin de rien, tu es sûre ?

Sébastien en a marre d'être là, il lui répète ça tous les jours. Elle essaie de le faire patienter. Elle propose qu'il prenne des vacances, mais il souffle, quand elle lui dit ça, « avec quelle tune tu veux que je parte ? ».

Il trouve que ça pue, dans la rue. Un air pas sain à respirer. Il trouve les gens pas aimables. Que tout est cher, il est malade s'il va boire un café, le lendemain il en parle encore : « Quinze balles ! Et dans un rade pécrave, dégueulasse. J'ai vu leurs chiottes et je suis rentré pisser chez moi. » Il trouve que le quartier n'est pas sain, « merde, ça pue la misère. J'ai déjà assez de la mienne sans mettre le nez dans celle des autres ».

Chaque jour qu'elle rentre, il est assis devant la télé.

C'est toujours la même story, entre eux, avec

un petit quelque chose de changé : c'est lui qui reste à la maison, en attendant qu'elle fasse ses micmacs.

Elle cherche des choses pour le distraire. C'est clair que sans tune, c'est pas facile. « Tu veux pas qu'on aille au musée ? Paraît qu'il y a des jours c'est gratuit. — C'est ça, oui. Je vais prendre des cours de tricot, dans la foulée, je vais m'éclater. »

Chaque jour qu'elle rentre, il l'ensevelit : les allocs logement lui font des soucis. Les gens du RMI pareil, ils refusent de croire qu'ils ne sont pas en couple. Comme si c'était sa faute à elle : « Ils ont dit qu'ils feraient un contrôle. — On dira que tu dors sur le canapé, ça se peut. — Ça se peut, c'est ça, prends-les pour des cons. »

Et quand elle dit : « Tu ne te rends pas compte, mais ça va le faire, ce disque va sortir et va marcher, ensuite on va partir. Tu veux que je te montre où on ira ? »

Tous les prospectus qu'elle a mis de côté, c'était uniquement pour pouvoir lui montrer, il veut pas en entendre parler. « Mais t'es chanteuse comme je suis plombier, je comprends pas que tu me soûles avec ça. »

Il feuillette quelques magazines, les brandit d'un seul coup, montre une photo de fille à grandes jambes, la brandit : « T'as envie de ça ? C'est ça ? Montrer ton cul à n'importe qui ? C'est ça qui te fait kiffer ? »

Quand il est dans cet état, elle se met à rire, va chercher un journal porno, Claudine en avait plein chez elle. Et elle lui montre une des photos, éjac faciale ou fellation, elle dit «mon ambition, tu vois, c'est un jour de pouvoir faire ça» en prenant une fausse voix de pétasse. Il ne veut pas en rire au début, et elle insiste le temps qu'il faut. Jusqu'à ce qu'il veuille rentrer dans le jeu, se calmer, changer d'humeur.

Elle ne parle presque jamais du disque. Juste de quoi le tenir au courant, le minimum. Elle sent que ça l'énerve plus que tout. «Mais t'es trop vieille pour être chanteuse. — Mais chéri, j'ai vingt-cinq ans… C'est pas vieux, ça.»

Lui qui n'a même pas deux ans de plus, il se voit déjà au rebut. Ça l'a changé, son année à l'ombre. C'est des petits détails de lui, qu'elle n'a pas perçus au départ, mais qui sont devenus très aigus. Comme si les murs s'étaient resserrés autour de lui, jusqu'à l'étouffer complètement, il a une rage de désespoir qui l'occupe entièrement.

Elle se sent désolée pour lui. Persuadée qu'il a tort, que le soleil c'est pour eux aussi, et même c'est pour bientôt. Quand ils seront en voyage, partis très loin d'ici, il reviendra petit à petit, comme il était avant. Davantage prêt à rire et des envies à tour de bras.

À part elle et le big boss, personne n'y croit, à ce disque. Qu'elle va cartonner grave. Elle ne le dit jamais à voix haute. Mais elle le sait, impunément. Ça va tout changer, tout ce qu'ils connaissent, ça sera fini. Et il va voir ce qu'il va voir, lui qui croit que tout est perdu et qu'ils sont dans le rouge pour la vie.

Ça va rigoler, grave.

Et sachant ça, jour après jour, elle cherche à lui donner ce qu'elle peut, pour qu'il tienne bon jusqu'à l'autre rive.

Heureusement qu'il y a la télé, pour s'asseoir devant et plus se parler.

Elle est descendue faire des courses. Il débouche la deuxième bouteille, elle a un coup dans le nez, finit par se laisser aller :

— Ils me font chier pour chaque chose, tu sais, et les paroles, et mes tenues, et les compos...

Elle lui parle très rarement du disque, elle a l'impression que ça l'agace. Ils pourraient le prendre avec distance, l'un l'autre, comme un genre d'expérience. Ce soir-là, elle se lâche :

— J'ai peur d'eux, c'est grave. C'est pas tellement qu'ils sont méchants, c'est une question de culture, je crois, d'expérience. Ils baignent là-dedans depuis qu'ils sont petits, ils n'imaginent pas d'autres choses...

Et comme lui ne dit rien, et qu'elle commence à avoir bu, les mots sortent plus facilement... Elle essaie d'expliquer encore. Il lui reste ce fantasme, c'est presque une image d'Épinal, où il l'assisterait, où il la comprendrait. Elle continue, franchement amère :

— C'est drôle, comme effet, d'être prise pour une conne. Parce que pour eux j'ai de trop gros seins, de trop grosses lèvres, de trop grands yeux, les cheveux trop blonds. T'imagines pas comme ils me méprisent.

C'est la première fois qu'elle lui en parle. Il

ne tourne pas la tête vers elle, la regarde en coin avec dureté :

— Je comprends pas de quoi tu te plains. T'as ce que tu voulais, non ?

C'est triste. Qu'il en vienne à parler comme ça. Qu'il pose pas sa tête sur son ventre, pour lui dire qu'ils sont tous des cons, qu'elle devrait en avoir rien à foutre, qu'elle est classe et qu'il tient à elle.

Place d'Italie. Nicolas l'attend. Il a fini son demi depuis un moment déjà. Il n'a pas de quoi le régler, il spécule sur son arrivée, hésite à en prendre un second.

Depuis que son balourd de boy-friend habite avec elle, Pauline donne tous ses rendez-vous à l'extérieur. C'est un grand costaud, le genre à massacrer les lunetteux en cour de récré, comme souvent les filles apprécient. En sa présence, elle s'efface, à son côté, une manière de se mettre en retrait. Bridée comme ça, elle est moins drôle.

C'est en la voyant avec lui que Nicolas a pensé qu'il fallait qu'il la baise.

Depuis, dès qu'elle se pointe, il bande. À en faire gaffe au fute qu'il met, à en aller aux chiottes, régulièrement, pour faire baisser la pression.

Il a oublié Claudine en elle, fini l'appréhension de blesser et le pacte muet scellé.

Tailleur blanc, chignon blond. Sans même le faire exprès, la parfaite pute de luxe. Démarche assurée, gardé toute l'assurance baskets. Depuis que son boy-friend est rentré, elle est pleine de distances. Mais ça lui passe en deux trois verres.

Elle lui parle beaucoup du disque. Prend tout très mal, elle réagit au quart de tour, met de la susceptibilité partout. Quels que soient ses motifs, il aime bien sentir sa colère. C'est ce qui lui file la meilleure gaule. Pendant qu'elle est furieuse et jure comme elle sait si bien le faire, l'imagine, balbutiante, cabrée sous lui, cramponnée à son dos.

Il l'écoute, en même temps qu'il bande. Ce soir, elle est plus féroce que jamais. Une âme noire comme charbon avec du rouge incandescent en son milieu. Les mains croisées en poing sous le menton, on dirait d'autant plus qu'elle prie qu'elle garde les yeux baissés en débitant sa litanie :

— Je vois pas pourquoi il y a pas de mot pour misogyne ou phallocrate dans l'autre sens. Putain, je déteste les hommes, je voudrais des mots pour bien dire ça.

C'est l'imminence qui lui met le plus le feu aux poudres. Elle en a autant envie que lui, il suffira qu'il s'approche d'elle pour qu'elle s'en rende compte. Il va la baiser comme un dingue. C'est entre ses cuisses que tout se passe, elle doit le laisser s'en mêler parce que ça va leur faire un putain de bien à tous les deux. Elle va coller son bassin au sien en serrant fort ses jambes qu'elle a nouées autour de sa taille.

Il l'observe, le haut de ses cuisses qu'elle a croisées. Et cette façon de rougir de rage quand un type passe et jette un œil. Toujours s'exhibant contre son gré. Ça donne envie de l'attacher, et lui faire deux ou trois trucs crades, comme jusqu'ici il aurait été ridicule de faire avec une autre fille. Il a à peine besoin de lui donner la réplique, elle s'est emballée toute seule :

— À sept huit ans, on croyait que ça leur passerait, cette manie de faire «pouet-pouet camion», mais que dalle, cinquante balais après c'est toujours aussi con qu'un môme, un mec.

C'est devenu une idée fixe chez elle, discours vouant tous les mâles à une seule et violente punition. C'est encore pire quand elle lui parle de ça, ça donne envie de se glisser dans son intimité pour aller voir s'il y a moyen de la faire gémir et se tortiller. Il y a plein de cochonneries qu'il rêve de lui dire à l'oreille. Spécifiquement à elle, parce qu'il est persuadé qu'elle n'a jamais voulu en jouir.

Elle est catastrophée par l'ampleur du désastre :

— Y a pas, c'est un sous-genre, le sexe masculin. Et dingues de ça, avec ça. C'est même pas les filles qui les affolent à ce point, c'est l'idée qu'ils auront la trique. Ils s'en remettent pas, merde, on va pas toutes rester coincées quinze mille ans là-dessus. C'est leur problème, et qu'ils se démerdent...

Soulagée, ça fait bien une heure qu'elle s'emporte, elle vide son verre et s'excuse en souriant :

— Je te laisse pas beaucoup le temps de parler. Ça va, toi ?

194

— J'ai envie de te fourrer, sévère.

Il fallait bien que ça sorte.

Elle est estomaquée. Cherche à le prendre à la plaisanterie :

— Je vois que tu m'écoutes attentivement.

— Ça change rien. Il faut qu'on baise.

Elle lui lance un sale regard et change de sujet. Il lui laisse jusqu'à la fin du repas de répit, à faire lui aussi comme si rien ne s'était passé.

Pendant qu'elle paie l'addition, il y retourne :

— Si t'es restée assise avec moi, c'est que tu sais très bien qu'on va le faire.

Elle devient grave, fixe ses mains :

— Je préférerais pas le savoir.

Il l'a emmenée dans une allée.

Ils ont baisé par terre en ayant l'intime conviction qu'ils se roulaient dans du sable, en bord de mer. N'importe qui pouvait les surprendre mais ils n'ont pas été dérangés. Ont pris tout leur temps, avant et après et entre chaque fois.

Elle l'a d'abord repoussé quand il cherchait à la lécher, comme si c'était une caresse sale. Et puis l'a laissé faire. Elle sentait sa bouche connaissant sa chatte mieux qu'elle-même, sachant l'aimer et l'activer de toutes ses zones, sa langue précise et douce.

Il s'est enfoncé dans sa fente, en cherchant du bassin, sans les mains, il a cogné jusqu'à sentir le fond.

Il lui a mis une fleur dans le ventre, avec un cœur tout palpitant et des pétales s' n'importe où. Longs, doux et fluides. Il lui a mis une mer à l'intérieur, nourrie de ses allées et venues.

Il parlait de son bon cul, de comme elle est chaude à l'intérieur, il disait qu'il lui remplissait la chatte et qu'elle avait l'air d'aimer ça.

Elle avait été surprise de jouir, le temps que ça prend, toute cette montée et la déflagration très blanche.

Surprise, mais davantage étonnée de ne pas l'avoir cherché plus tôt, de n'y arriver que ce soir-là.

Puis ils étaient sur le trottoir. Un peu éloignés tout à coup, ne sachant plus bien comment s'y prendre l'un avec l'autre. Elle a regardé l'heure sur un horodateur. Sale retour de réalité, Sébastien qu'il fallait rejoindre et qu'elle avait encore trompé.

À la station de taxis, le corps de Nicolas cherchant le sien pour lui dire au revoir lui semblait déjà déplacé.

Elle est rentrée, sans faire de bruit. Sébastien dormait. Prendre une douche. Et couchée à côté de lui, regret intense de ce qu'elle a fait.

De ce moment-là, Nicolas est rayé de ses pensées. Il appelle quelques jours plus tard, sa voix est devenue menaçante. Elle attend qu'il l'oublie.

Un soir, elle rentre du label, un peu tard, le big boss voulait discuter. Son dernier truc, c'est sodomie. Il avait acheté un tube de lubrifiant. Elle a refusé en sentant bien que ça ne pourrait pas être non longtemps.

Sébastien est devant la télé. Elle fait un petit tour dans le salon, doucement pimpante. Puis elle s'étire :

— Je vais prendre une douche, ça me fera du bien.

— Si c'est pour pas que je sache, c'est pas la peine... Tu sens le cul à trois mètres, comme à chaque fois que tu reviens de là-bas.

Il n'est pas plus énervé que s'il lui disait : tu as encore oublié le pain. Et encore, sans en faire un drame.

Cette odeur des gens emmêlés. Ni la sienne propre, ni celle de l'autre, cette fragrance très particulière de quand on s'est beaucoup frottés.

Elle cherche à toute vitesse quoi dire pour se défendre, rattraper le coup. Et se trouve complètement conne, plusieurs mois qu'elle balourde, et lui qui la voit faire.

Il continue de zapper, son visage verrouillé, pendant plusieurs minutes. C'est une hostilité bien pire que se mettre en colère ou lui demander des comptes. C'est déjà bien trop tard, il n'est plus concerné. Un léger agacement, juste une contrariété.

Elle reste debout, plantée là comme une gourde. La honte lui crame le cœur.

Depuis combien de temps il sait, se tait, la laisse mentir.

Elle voudrait s'asseoir à côté de lui, avouer, se confesser, se soulager du poids, le supplier de comprendre.

Seulement il y a l'odeur, elle ne peut pas approcher de lui.

Finalement, il ajoute, sans même tourner la tête :

— Réflexion faite, va te laver. Je vais finir par vomir sinon.

Son profil impeccable, tu es tout ce que j'aime, tu es tout ce qui compte, regarde-moi quand même, au moins donne ta colère, au moins donne quelque chose, il y a un lien encore, il y a un lien toujours, au moins montre-le-moi.

Douche. Savon partout sur elle, elle frotte, comme à chaque fois. Même se laver les cheveux et se brosser les ongles, gestes hostiles et maniaques, se décrasser partout. Elle pleure sous l'eau, reste longtemps enfermée, elle a peur de sortir.

Je voudrais que tu comprennes, et que tu m'aimes encore, que tu me protèges de tout ça, que tu me protèges de moi, que tu m'empêches de le faire, que tu saches bien comment c'est triste, être capable de ça, s'ouvrir comme je l'ai fait, à un autre que toi, des fois il m'a fait jouir, je préférerais pas le savoir, ce que je suis vraiment.

La serviette-éponge est bien sèche, assez douce, elle sent bon. Elle s'essuie, précautionneusement, elle pleure moins. Elle va lui expliquer, le mieux qu'elle peut. Elle va sortir de cette salle de bains, trouver tous les mots un par un pour qu'il entende ce qu'elle doit dire.

Maintenant, elle est presque soulagée. Elle ne pourra plus le faire. Elle ira voir le big boss et elle lui annoncera : c'est fini tous ces jeux, j'ai failli tout casser.

Elle a dû rester très longtemps enfermée dans la salle de bains. Quand elle en sort, la première chose qu'elle voit, c'est ses affaires à lui qui manquent un peu partout. Il n'y avait pourtant pas grand-chose, un carnet toujours posé là, quelques tee-shirts empilés ici, un vieux bouquin qu'il traîne partout. Quelques objets, pas grand-chose, le vide qu'ils laissent lui saute aux yeux dès qu'elle entre dans le salon. Elle va voir dans la chambre, il a eu le temps de remplir son sac. Continue de ne pas la regarder. Il la pousse gentiment pour passer à la salle de bains, prendre sa mousse à raser, son rasoir, une eau de Cologne et puis son peigne.

— Qu'est-ce que tu fais ?

Comme si ça n'était pas évident, comme s'il y avait une chance de l'entendre répondre : je vais faire un grand ménage, ou je range mes habits d'été, ou viens on prend des vacances prépare vite tes bagages.

Il tasse ses affaires pour pouvoir fermer son sac. Il s'explique :

— Si j'avais voulu être avec Claudine, c'est avec elle que je serais allé.

— Tu venais la voir, quand même.

— Si t'as envie que de temps à autre je repasse pour t'en coller un coup, boire un café et puis repartir, c'est sans problème, je peux t'arranger...

Les larmes reviennent, toujours sans bruit, elle les sent chaudes contre ses joues et dégoulinent sous le menton. Il insiste :

— Faut que tu me dises. Maintenant que tu es devenue quelqu'un que je connais pas, faut que tu me dises ce que tu veux, moi je peux pas deviner.

— Pourquoi tu dis que j'ai tant changé ?

— Tu te fous de ma gueule, en plus ?

Pour un très court instant, il s'énerve un petit peu, c'est moins cruel que le reste, mais ça lui dure à peine. Il ajoute juste :

— Moi, y a un an. quand je suis tombé, je sortais avec une putain de fille, carrément une madame. Jamais tu m'as trompé, j'en suis sûr, jamais tu te manquais de respect, jamais tu te rabaissais. J'étais fier de toi, dès que je voyais une pouffe dans la rue je pensais à toi, j'étais putain de fier. Mais maintenant, regarde-toi, regarde comme tu t'habilles, regarde-toi comme tu marches... Et tu te fais trouer par qui, là-bas ? Ils sont plusieurs à te passer dessus ? Tu kiffes, quand ils te baisent ? Tu kiffes mieux que quand c'est moi ? Ça va, ils te prennent comme t'aimes ? Moi, je te respecte trop, toi tu te respectes plus. Ça peut plus rien donner, cette affaire.

Elle n'a pas le temps de protester, il a mis son blouson, il est déjà à la porte. Il se retourne vers elle, caresse sa joue :

— Toi, je t'ai tellement aimée. Mais maintenant tu me dégoûtes.

Elle s'entend hurler, tombe à genoux, convulsions. Elle voit une dernière fois ses yeux posés sur elle, n'y lit que du mépris mêlé tout de même d'un peu de pitié. Il claque la porte derrière lui, elle est couchée sur le dos, elle trépigne et se tend, vocifère comme une folle. Elle se demande elle-même quel cinéma elle joue.

Elle se réveille sans raison, en plein milieu du sommeil, le jour à peine levé, le lit vide à côté d'elle, ça lui prend plusieurs secondes pour se rappeler la veille.

Pas moyen de savoir d'où elle tient cette formidable capacité d'avoir mal, déchirures. Probablement pas plus que n'importe qui d'autre, mais c'est dans elle que ça se passe.

Grimaces jaillissent du fond de l'âme, mensonges, poisons violents. Elle se voit dans le grand bureau, jouer à ses jeux et faire les choses, c'est impossible que pour ça l'autre l'abandonne. Tout comme c'est impensable qu'il croie qu'elle a changé, pour une affaire de rouge à lèvres et quelques robes trop échancrées. Malentendus, il va revenir. Elle ne peut pas le perdre, ça n'aurait aucun sens, et aucune fille, nulle part, ne saura être avec lui faite pour ça comme elle est faite, malentendus, il va revenir.

Elle sait très bien que non. Elle ne veut pas le savoir.

En bas des hommes s'engueulent, ivres, et d'autres veulent les calmer.

Les yeux qu'il avait, tout à l'heure, quand il est parti. Et elle était par terre, gesticulante et comme une folle. Elle sait pourtant très bien que ça l'écœure.

Elle ne l'avait jamais fait.

C'étaient les jeux de Claudine, crises d'hystérie à la moindre contrariété, et Pauline la regardait faire avec dégoût et agacement.

Est-ce que ça lui faisait mal pareil qu'à elle quand tout à l'heure… ? Est-ce qu'elle se sentait impuissante, pareil, témoin de son propre éclatement en mille morceaux et ne plus savoir quoi faire pour elle-même et avoir tellement peur qu'on se révulse comme une folle ?

Sa seule sœur. Est-ce que ça la glaçait pareil, entre les mains des hommes les voir devenir dingues juste en se déshabillant, est-ce que ça la glaçait pareil, se faire emporter par des désirs aussi puissants que dégradants ?

Sa seule sœur. Est-ce qu'elle se réveillait pareil, dans ce même lit, le jour pas levé ? Il y a des somnifères plein l'armoire, à côté des flacons de parfum.

Pauline se lève et en gobe deux. Puis elle attend, allongée, impuissante, écrabouillée et nauséeuse. Il y a un regard de l'homme aimé, à qui on fait de la peine de se briser comme ça, se rabaisser. Ensuite cet œil la suit partout, est désolé de voir ce qu'il voit. Ça fait mal jusque dans les os, ne pas être celle qu'il te faut.

HIVER

La maquilleuse est taciturne. Elle est énervée contre des collègues à elle qui n'en foutent pas une et qui se planquent au lieu de bosser. Et lève la tête comme ci et tourne la tête comme ça, regarde vers le haut, et maintenant ferme les yeux. Elle a soupiré quand Pauline s'est assise « ça va prendre du temps, vous, pour vous faire un teint ».

Ils sont cinq à passer en même temps, alignés devant une grande glace. La fille de la météo vient faire la conne de temps en temps, grande forme.

Coiffeuse. « Qu'est-ce que je vous fais ? » Juste lisser les cheveux. Elle lui conseille l'huile d'amandes douces, sur les pointes, ça fait du bien.

Pauline entend Martin connard, à l'autre bout du couloir, puis il arrive en glapissant :

— Ma chérie ! Que tu es belle !

Le premier single a fait 200 000. En moins de deux mois. Il a du mal à le croire. Mais ça le rend très aimable, et même assez respectueux. Il la défend quand on l'attaque, « d'accord, elle a couché pour signer. Mais si tu crois qu'il suffit de sucer pour cartonner comme elle l'a fait... », avec ses petits airs de précieuse.

Il lui malaxe l'épaule, lui demande si ça va. Maintenant, elle sourit tout le temps. Ça devient vraiment un genre de réflexe, dès qu'elle entend du bruit, sourire.

Loge. Fleurs, alcool, chocolats. Martin est venu avec l'attachée de presse. La même qui demandait : « J'en envoie dans les maternelles, du single de madame pétasse ? Faudra les prendre tôt pour en vendre, de sa merde, à celle-là. »

200 000 dans ta face, connasse. Au moins c'est un langage qu'ils comprennent tous.

Elle est là pour le deuxième single. Le type de la programmation est cool, bonne tête. Il dit d'elle qu'elle est une « good girl ». Il vient voir : « Tout va bien, besoin de rien ? »

Elle dit : « Je sais plus où sont les toilettes. »

Il l'emmène. Trait sur la cuvette des chiottes. Elle essaie de ne pas renifler trop fort.

La scène s'éclaire, elle fait le show. Elle s'entend mal avec le mec des machines, celui qui remplace Nicolas. Il tire la gueule de travailler avec elle, parce que ses potes se foutent de lui : « Tu fais de la variet pour bimbos ? » Mais il crache pas sur les cachets. En revanche, ça lui arrive de changer une partie sans le lui dire,

206

histoire de voir comment elle s'en tire. T'es mal tombé, chouqui, tu peux changer le morceau entier, je me rattraperai, chaque fois. C'est sans problème qu'elle fait venir des larmes de rage dès le deuxième couplet et qu'elle se met à hurler, cri énorme, déroutant. Pas besoin d'aller le chercher loin.

Dans la loge, tout le monde la félicite. Elle embarque les fleurs, décline l'invitation de Martin : « On va boire un verre, tous ensemble ? » pour dire des saloperies sur tout le monde et raconter qui a grossi, qui vend combien, et qui a pris un gros coup de vieux, et qui a signé où.

Voiture qui la ramène chez elle. Le chauffeur est un vieux monsieur, accent espagnol. Il lui raconte comment il a quitté sa femme, il y a quinze ans, sur un coup de tête, pour une jeunesse. Et comment il a regretté. « Au bout de six mois. J'ai compris quelle erreur j'avais faite. » Mais elle était déjà recasée. Et depuis, il l'attend. « Mes enfants me disent que je suis fou. Moi, je sais que c'est elle et personne d'autre. »

C'est le gros problème avec la coke, quand ça redescend comme ça fait mal. Elle pourrait en pleurer. Elle demande : « Et vous croyez qu'elle reviendra ? » Il en est sûr : « Je l'attends. J'ai mis un peu de côté, on pourra bien vieillir ensemble. »

Plus tard, chez elle, litanie des messages accumulés sur répondeur. Journalistes presse, journalistes télé, photographes machin, journalistes radio, et un petit peu n'importe qui demandant un peu n'importe quoi. Elle les écoute défiler, se demande si Sébastien la rappellera. Il est revenu là-bas, il y habite avec une fille qu'elle connaît bien et qui est cool. Comme il a fait ça vite. Juste une question pratique.

Le big boss a laissé des félicitations, des « ma petite puce », des « et je sais que ce ne sont que tes débuts » et autres « je suis très ému ».

Le lendemain du jour où Sébastien est parti, elle a appelé Big boss. « Est-ce qu'on peut se voir ? — Oui, oui, bien sûr, passe quand tu veux. »

Elle est arrivée au bureau : « Je suis venue vous prévenir que je ne pourrai pas faire ce disque. »

Il a d'abord cru qu'elle avait peur, c'était trois jours avant le studio. Il l'a pris à la légère, lui a tapoté l'épaule : « C'est le grand saut, hein ? Maintenant que tu y es tu voudrais faire machine arrière… C'est rien. J'ai confiance en toi. Le jour dit, tu seras là, et tu seras formidable. Tu es faite pour ça, je le sais. »

Elle faisait non de la tête, incapable de parler, quand même bien embrouillée. Elle s'est mise à pleurer, il s'est approché d'elle, elle l'a repoussé à deux mains, « putain de porc tu me touches plus ! T'as entendu ? Je veux plus le faire ton disque débile ni marcher dans toutes tes combines ! ».

Alors, il s'est comporté différemment. Il a attendu qu'elle se calme, décommandé ses rendez-vous, prévenu sa femme qu'il rentrait tard.

208

Ils sont restés dans son bureau jusqu'à ce que tout le monde soit parti. Les premières heures, elle ne pouvait plus parler, elle voulait partir mais arrêter de pleurer avant, pour ne pas passer en sanglots devant ces gens et les faire rigoler. Ça l'obsédait, les gens, elle n'arrêtait pas de répéter «et ils seront bien contents, de savoir que je me suis fait avoir».

Big boss la laissait raconter ses choses incohérentes, dans son désordre à elle. Elle disait : «C'est à cause du disque qu'il est parti. C'est pour ça que je ne veux plus le faire. Je ne veux pas être une mauvaise femme, vous pouvez comprendre ça?»

Et pendant qu'elle se déballait, elle regrettait de faire ça devant lui, pourtant c'est bien lui qu'elle était venue voir. Alors elle s'en voulait encore, «elle m'a refilé tout son vice. Je suis sûre que j'étais pas comme ça, avant. Elle m'a refilé tout son chaos, mais moi, je suis pas elle, j'en veux pas».

Il a capté tout seul. Il disait «je ne savais pas que tu avais un régulier», «ça vous regarde pas».

Finalement, il est venu s'asseoir à côté d'elle, avant de s'approcher, il a levé la main : «Ne t'inquiète pas, je veux pas te toucher, j'ignorais que tu avais un petit ami.» Et brusquement, c'était davantage comme s'il s'adressait à sa fille. Il s'excusait, sincèrement penaud sur le coup : «Je crois que je me suis trompé sur ton compte, Claudine. Tu sais, c'est difficile de savoir des choses sur quelqu'un s'il ne lâche pas un mot de ce qu'il pense. Je suis heureux que tu sois venue me voir. »

Ensuite, il a sorti le whisky, trinqué avec elle : «Au disque, qui va être fantastique. Et ton petit ami va revenir, on ne quitte pas une femme telle que toi. À tout ce qui t'attend, qui est bon. »

Il ne l'a plus jamais fait passer au bureau, ni même eu un geste équivoque. Il a suivi l'enregistrement de près, et la sortie, redoublant même de zèle, pour lui prouver quel type il est. Sur qui on peut compter.

Elle est chez elle. Pas sommeil. Elle essaie de joindre son dealer, mais sa messagerie est tout le temps pleine. C'est surtout pour le voir, c'est le seul type qu'elle aime bien maintenant. Il est toujours souriant, il raconte ses missions impossibles, quand c'est pas des trafics de carte orange c'est des histoires de cigarettes en contrebande ou de carrés Hermès ramenés de pays incroyables. «On passe le péage, je vois la douane volante, je me suis senti fondre. Là, je me suis dit : t'es cuit. » Et puis il s'en tire chaque fois.
Elle n'allume plus la télé, parce qu'elle s'y voit trop souvent. Impossible de s'habituer à sa propre sale gueule. On vend pas tout ce bordel sans rien. Elle est entourée d'elle. Jamais elle n'aura aussi peu existé, aucune vie, rien. Mais elle est représentée partout. Il y a des paroles

violentes contre elle, c'est la pétasse qu'on aime haïr.

Elle roule un gros deux feuilles, pour s'abrutir, comme tous les soirs, maintenant. Ne se sent pas assez bien pour traîner en rond à rien foutre.

— Claudine, réponds, c'est important.

Pleine nuit. Elle était dans un rêve fait d'infiltrations d'eau, les murs chez elle se barraient par plaques et le plafond se décomposait. Il lui faut du temps, pour émerger et puis comprendre. C'est le big boss sur répondeur. Elle ne bouge pas. Est-ce qu'elle pourrait dormir tranquille ? Il insiste :

— Réponds, s'il te plaît.

Elle est lourde quand elle se lève, y a tout chez elle qui veut dormir, être allongée et rien entendre. Le répondeur a coupé, ça faisait trop longtemps qu'il parlait. Elle regarde l'heure, c'est six heures trente. Lui se lève tous les jours à cette heure, pour avoir le temps de faire sa gym. Ça s'entretient, un corps de vieillard. Ça resonne aussitôt, elle décroche. Il est très ennuyé :

— Fallait me prévenir que t'avais fait ça. On aurait pu faire quelque chose…

— Doucement, vas-y doucement. Que j'avais fait quoi ?

— Tu devines pas ? S'agit de cassettes… Ils ont fait un papier énorme. Demain tout Paris ne parle que de ça.

— Je vois toujours pas.

Elle pourrait s'endormir sur place. C'est le moment qu'il fasse des devinettes.

— Ton film porno, ma puce... Ça devait remonter un jour ou l'autre, t'aurais dû t'en douter. Pourquoi tu m'as rien dit ? Une énorme boîte l'a racheté, ils vont faire une promo là-dessus, ça va nous faire mal mal mal...

— Mon film porno !

— Tu vas me dire que tu ne te souviens pas ?

— Si, si, si. Bien sûr. Ça s'oublie pas un truc pareil.

— Tu l'as chez toi ?

— Euh... Non. J'ai pas gardé, ça.

— Je vais me le faire envoyer. On se retrouve tout à l'heure, à treize heures ? Il faut qu'on voie ce qu'on peut faire. Je vais prévenir l'avocat, il sera là. Je vais...

— Tu peux m'envoyer un coursier qui m'en amène une copie aussi ? Que je me rafraîchisse la mémoire.

Quand elle raccroche, ça la fait rire. C'est un peu nerveux, déplacé. C'est en même temps réellement drôle.

Elle se recouche. Et recommence même son rêve, à base d'infiltrations d'eau. Le plancher est descendu, l'appartement menace de s'effondrer et le syndic ne veut rien faire.

Ça s'appelle *J'ai de la chatte*. Et on la voit sur la jaquette. En gros plan, franchement gros. La tête de Claudine est derrière, de profil, elle suce un mec.

Pauline est mieux réveillée quand elle la reçoit. Elle hésite à regarder.

Ça commence, Claudine est chez elle. Son propre appartement, là où Pauline est en ce moment.

Elle est devant son minitel, cul nu sous un tee-shirt, air très sérieux, elle note un numéro de téléphone, puis tape «connexion fin». Et elle appelle quelqu'un. «Alors, mon salaud, tu vas bien me faire jouir?» Elle donne son adresse et son code, puis lui dit qu'elle l'attend, qu'ils vont bien rigoler.

Ensuite, on la voit qui se prépare. Elle prend une douche, puis elle enfile des porte-jarre-telles. C'est tout filmé chez elle. On la voit devant sa glace, essayer des dessous sexy. Puis se maquiller et se parfumer. Pile quand elle a fini ça sonne. Elle va ouvrir au type, il la tripote aussitôt, déclare qu'il a de la chance : «Je suis tombé sur une sacrée fille.»

Il a amené une bouteille de whisky, il veut qu'elle le serve à quatre pattes, il lui caresse le cul pendant ce temps, il est content, «t'as pas mis de culotte, comme je t'ai dit, c'est bien, ça, elle est douce ta chatte, t'es déjà mouillée, salope». Puis il veut qu'elle le suce, mais sans les mains. C'est important : sans les mains. Pendant qu'elle fait ça, il a son portable qui sonne, il répond. Il explique «là, je suis en train de me faire sucer. Attends, quitte pas». Et il dit à Claudine «lèche-moi les couilles, un peu», puis à son pote «tu veux passer ? C'est le genre de pute qui est bonne pour deux».

Pauline est assise devant sa télé. Elle n'en pense pas grand-chose. Elle a beau faire un effort de panique : «Tout le monde verra ça et croira que c'est moi», après tout y a quoi de mal. D'autant que la sœur s'active avec brio.

Elle laisse défiler. Contre toute attente, ça lui rappelle des trucs de mômes, souvenirs à la con auxquels elle ne pense jamais et qui pourtant sont restés clairs.

Claudine était super-forte en gym. À la poutre et aux barres asymétriques, elle faisait des choses incroyables. C'étaient des petites filles, à l'époque. Elles portaient des tee-shirts de l'école, jaune canari, pour le sport. Et la sœur était comme une fée, faisait des choses très compliquées, les gamines la regardaient. Elle portait toujours des barrettes. La mère ne voulait pas qu'elles aient les cheveux longs, c'était trop chiant à entretenir. La sœur pleurait chaque mois qu'on les emmenait chez le coiffeur. Et s'entêtait à porter des barrettes. Quand elle montait sur la poutre, elle se tenait instinctivement droite comme une grande sportive, c'était encore un corps d'enfant, la poitrine plate et des petites jambes. Elle frimait comme une grande. Et puis elle avait de quoi, d'un coup, elle se lançait, tournait dans l'air, salto arrière, retombait sur ses pieds, position impeccable, comme si elle venait de siffloter un petit air.

214

Le pote en question est arrivé, ils sont tous dans la chambre. Comme ils le disent si bien, ils lui en mettent dans tous les trous. Quand elle jouit elle est belle. Même si ce qu'ils disent est moche, même s'ils la prennent pas bien, même s'ils ont des sales gueules. Quand elle jouit, et c'est dur de croire qu'elle simule, elle est super-belle. Son visage éclairé, détendu, elle a les yeux qui partent ailleurs, une sorte de rire, à moins qu'elle ne soit prête à pleurer. Elle est bien cadrée, par moments, elle touche quelque chose du bonheur.

Ils avaient un chien, quand elles étaient mômes. Dès qu'elles étaient seules, Claudine l'enfermait dans une pièce. Elle attendait derrière la porte qu'il pleure pour qu'on lui ouvre. Alors, elle se mettait en colère, lui filait des putains de raclées, elle le faisait gueuler à le cogner. Puis refermait la porte, en le menaçant s'il faisait du bruit. Le chiot, terrorisé, ne se manifestait plus. Alors, elle venait le consoler, le prenait dans ses bras, il était tout tremblant, et l'embrassait partout, « mon pauvre amour ».
Elle punissait toutes ses poupées. Quand elles avaient exagéré, elle leur arrachait un bras, en les sermonnant méchamment, « regarde ce qu'on fait aux filles comme toi. Tu ne veux pas comprendre, hein ? ». Alors elle arrachait une jambe, « tu finiras bien par comprendre, tu vas voir ».

Après, elle part avec les deux types en voiture. Pauline n'a pas suivi s'ils ont dit où ils allaient.

Elle a de l'allure, en tailleur noir, même nue en dessous.

Ils arrivent dans une boîte. Où plein de filles de moins de vingt ans dansent, nues sous des robes déjà courtes. Claudine s'engage sur le dance floor, remue bravement du popotin. Ça, elle ne le fait pas bien. Elle n'a pas idée de la façon dont on bouge.

Dès qu'elles ont eu l'âge d'aller en boum, la sœur ne dansait plus que des slows. Assez tôt, elle a abandonné toute activité ne touchant pas directement à bouleverser le garçon. Ni lire, ni avoir des copines, ni faire de la gym, ni rien d'autre que : plaire. Elle y arrivait tellement bien, ça aurait semblé dérisoire, fade, de s'intéresser à autre chose.

Certains d'entre eux ne s'en remettaient pas. Lui écrivaient des lettres pas possibles, parfois plusieurs années après qu'elle s'était laissé courtiser. Elle regardait les enveloppes, reconnaissait des écritures et les jetait directement. Accablée, « mais qu'est-ce qu'il me colle, celui-là ? ».

En plus, c'était une toute petite ville, elle était la lady du coin.

Toujours sur la piste de danse, elle commence à faire des trucs avec une fille, à se trémousser très très près d'elle, en avançant ses seins contre les siens. C'est la rouquine incendiaire. Pauline la reconnaît aussitôt, cherche son nom : Claire.

216

Celle qui mettait sa main sur la sienne et voulait son avis sur tout.

Elles s'y mettent, au milieu de tout le monde, ça fait un grand cercle autour d'elles, de gens qui se tripotent. Il y a surtout des mecs, il y en a même beaucoup.

Claudine n'avait jamais de copine. Elle se méfiait des autres filles, et la réciproque était pire. Elle disait qu'elle ne les aimait pas : « C'est toutes des garces. » Elle ne supportait pas qu'une autre soit aussi jolie qu'elle. À part des actrices très célèbres, et si possible mortes. On aurait dit que ça l'annulait, elle exigeait qu'on lui fasse croire qu'elle était la seule femme au monde. La seule capable de déclencher ça, chez les hommes, ces émois.

Pendant plusieurs minutes, ça n'a rien de porno, elles s'embrassent et se touchent, se caressent et se disent des mots qu'on n'entend pas, qui les font rire, elles se mordent à moitié et se regardent, les yeux brillants. Puis se déshabillent et se rentrent des doigts, elles sont un peu folles de leurs seins, l'une l'autre.

La fille a dû la trouver froide, l'autre soir, vu ce qu'elles ont en commun. Elle est encore plus belle qu'en vrai, son corps va bien à la télé. Blanche, longue. Sorcière. Elle aussi est belle quand elle jouit, c'est même émouvant de les voir se faire face, elles se font venir avec les doigts, l'une contre l'autre, ne se quittent pas

des yeux, sauf quand elles les ferment en bal-
butiant.

Qu'est-ce qu'elle pensait en faisant ça. Pendant qu'elle le faisait, et juste avant, et aussi
juste après. Est-ce qu'elle se regardait ensuite.
Est-ce qu'elle se sentait fière de ça. Est-ce que
quelqu'un lui a dit qu'elle était belle, comme
jamais, dans cet abandon.
Est-ce qu'elle se souvenait, quand elle était
gamine, combien la chose la passionnait. « Il ne
faut jamais coucher avec un garçon qui ne t'a
pas demandée en mariage. Sinon il ne te respecte plus. Même si tu en as très très envie. Il
faut qu'il attende et t'épouse. Sinon plus personne ne veut de toi. » Mais c'était avant qu'elle
s'y mette. Rapidement, elle avait changé de discours. « Un mec, pour le tenir, faut lui dire qu'il
a une grosse queue et qu'il t'a fait jouir comme
personne. Faut lui crier dans les oreilles, pas
avoir peur. Même si tu t'ennuies. Faut crier,
crier, et après, il est gentil comme un chien-
chien. »

En attendant, dans le film, elle est à genoux,
ça s'est corsé. Avec sa copine la rouquine, elles
ont entrepris de sucer tous les mecs, un par un.
Ils se sont rapprochés, ils attendent leur tour,
patiemment. Pauline essaie de les compter, seulement ils remplissent tout l'écran et il y en a
encore derrière. Et elles pompent, elles pompent, cuisses bien écartées pour que la caméra
perde rien.

Jamais elle ne tombait amoureuse. Elle était plutôt dans le commerce, qu'est-ce que tu me donnes pour m'avoir moi, et personne, jamais, ne l'accrochait. Sauf peut-être Sébastien. Qu'est-ce qu'elle avait à y gagner, qu'il vienne et qu'il fasse des trucs, puisque ensuite elle ne cherchait même pas à blesser sa jumelle avec ça. Pauline a retrouvé des petites notes, en fouillant le placard, éparpillées, plein de petits textes. Sur quelqu'un qu'elle attend chaque jour, mais qui ne vient que rarement, elle se penche à sa fenêtre et regarde s'il arrive. Et quand il vient, il en a honte, et jamais elle ne peut lui dire «reste avec moi, j'ai besoin de toi». Un texte, elle raconte, il lui demande si elle le ferait, être avec lui pour de bon, elle, elle répond qu'elle n'en sait rien, et lui il dit «moi, je sais. Mais je ne pourrais pas être avec toi. Tu me ferais des coups de pute, j'en suis sûr», et elle conclut qu'il a vu juste.

Elles étaient face à face, à surveiller ce que l'autre avait et qui lui manquait cruellement.

Maintenant, ça tourne à la performance marathon. Piteux état. Elle est ruisselante de sueur et de sperme, mais ça fait combien de temps qu'elle suce et qu'elle branle et qu'elle suce et qu'elle branle? La rouquine continue aussi. Elles ont l'air crevées, l'une comme l'autre, elles cherchent à donner le change, à rester bien pimpantes. Elles sont exténuées, ça se voit, ça fait drôle. Et les keums continuent de défiler, s'enfiler dans leur bouche, la plupart bandent très mal, ça les empêche pas d'y aller.

Ça dure comme ça encore longtemps. Pauline accélère, jusqu'au bout. Elles finissent toutes les deux sur le bar, et des gars les arrosent de champagne. Douche, elles se serrent l'une contre l'autre en saluant un peu de la main comme le ferait une reine quand elle défile.

Pauline se lève, regarde l'heure, elle est à la bourre pour le rencard. Elle pense à tout ce qu'elle doit faire pour se préparer avant de sortir. Et pourvu qu'elle ait des bas propres, et pourvu qu'elle ait des pompes à talons pas fusillés et qu'est-ce qu'elle va mettre aujourd'hui et il aurait fallu qu'elle se fasse un gommage seulement elle n'a pas le temps, il faut qu'elle lave ses cheveux qui sont ternes et il faudra bien se maquiller parce qu'elle a des cernes pas croyables. Elle commence à brasser, remuer ciel et terre pour être à la fois présentable et pas trop à la bourre.

Ça lui a rappelé Nicolas. Ça lui remonte ces jours-ci, des envies qu'il soit là. Devant la vidéo, excitation diffuse, elle aurait voulu qu'il soit présent et le faire avec lui.

Elle se rassoit. Où est-ce qu'elle a foutu son bénard qu'elle portait en arrivant et le pull difforme qui va avec ?

Big boss en fait tout un bordel, presque on dirait qu'elle l'a trompé. Il demande :
— Mais qu'est-ce qu'on va faire ?
— C'est difficile de démentir.
— Et qu'est-ce que tu proposes ?

— Faut assumer.

Martin est presque en deuil aussi. On lui a cassé sa poupée. L'attachée de presse est consternée :

— C'est très mauvais pour l'image, ça, très mauvais.

— Vous n'êtes pas modernes, les gars. Maintenant tout le monde s'y met, c'est ça qu'il faut voir.

— Ça t'amuse ?

Y a de ça. Maintenant, leur idée de chanteuse toute fraîche et dynamique, ils peuvent se la carrer au cul.

Martin annonce, exaspéré :

— Il faut annuler l'Élysée.

— Ça va pas, non ?

Elle rassemble ses affaires, se lève :

— Y a pas de problème, les gars : ça, comme promo, c'est de la bombe.

Big boss tire vraiment la gueule. Elle parie que ce qui l'emmerde le plus, c'est qu'il ne l'a jamais vue comme ça, comme Claudine dans la vidéo, avec tout ce qu'il lui a mis, il ne l'a jamais fait jouir comme ça.

La meuf du kiosque à journaux à côté de chez Nicolas sait qu'il connaissait bien Claudine, alors quand il y a un papier sur elle, elle lui fait signe de s'approcher.

Les premières fois, ça lui a fait une violente vrille, de la voir dans des journaux. Une mauvaise explosion du manque. Savoir, pouvoir

voir, qu'elle existait encore quelque part, mais que ça se passait hors de sa vue à lui.

À la longue, il s'est habitué, lit les papiers scrupuleusement. Il s'amuse à classer les photos : Pauline ou bien Claudine ? Elle a dû en retrouver de la morte et les file à des photographes. Il sait toujours quelle est laquelle.

Sinon, ça ne l'a pas étonné plus que ça, qu'elle fasse des unes de magazines. Ça l'a beaucoup moins touché que la vendeuse de journaux pour qui il est devenu un héros, en quelques semaines, parce qu'il « connaissait la chanteuse ».

Aujourd'hui, elle lui fait signe de venir avec une telle vigueur qu'il se doute qu'il s'est passé quelque chose. Elle est toute retournée, « pour votre petite amie », lui tend un paquet de journaux. Il feuillette et comprend. La vidéo de Claudine. Passé un moment, ça avait été sa lubie : faire du X, « ça mène à tout ce truc-là ». Mais passé le premier film, elle avait séché tous les rencards et n'en avait plus parlé.

Il l'a regardée chez un pote à lui, même pas un début d'érection. C'était à ce point sacré, entre elle et lui.

C'est même comme ça qu'il différencie Pauline de Claudine sur les photos : selon qu'il chope la gaule ou pas.

La kiosquière est de tout cœur avec elle :

— Si c'est pas dégueulasse, ressortir de vieilles choses pour lui faire du tort... Qui sait dans quel besoin elle se trouvait pour en arriver à faire ça...

Mais ça se voit qu'elle est très déçue.

222

— Tu vas à la fête, après ?

— Ouais, je crois que je passerai.

Il a reçu une invitation au concert. C'est le premier signe d'elle depuis le soir place d'Italie. La salle est bondée, surtout des gamines qui portent des anneaux partout.

Depuis l'histoire de la vidéo, Claudine-Pauline est bien partie pour devenir l'égérie de toutes les scandaleuses. Elle gère assez bien son ramdam.

Quand il a compris qu'elle refusait de le voir, un nuage s'est percé sur lequel il voguait depuis un long moment et l'a laissé choir comme un con. C'est vite devenu insupportable, dès qu'il voyait une fille, de la comparer à Pauline-Claudine et sentir toute l'absurdité d'une vie passant sans elle.

Il éprouvait des choses qu'il n'avait crues bonnes que pour les autres. Cette faim de quelqu'un, excluant tout le reste.

Et cette obstination de baise, c'était devenu pire après l'avoir fait. Elle avait des odeurs pour lui qui étaient clairement celles du sexe.

Lumière qui s'éteint, hurlements de circonstance dans les premiers rangs, c'est l'intro. Sur le grand écran tendu derrière la scène débute la projection d'un film. Il reconnaît tout de suite Claudine, qui pianote sur un minitel.

Pour faire son entrée, Pauline attend qu'elle en soit à la fellation.

Elle est sapée comme le jour où elle est arrivée. Mais elle fait moins timide sur scène.

Sifflements de victoire dans le public, les gamines ont l'air d'apprécier.

Et puis ça démarre. Il est ému d'entendre sa voix, et trouve insupportable d'être encore si loin d'elle.

— Elle se la joue, quand même, hein ?
— Paraît qu'elle se prend pour une artiste. Ils en bavent avec elle.
— D'autant qu'elle sait même pas chanter.
— En tout cas, pourvu qu'elle lance pas une mode... T'as vu ce qu'elle avait sur le dos ?

La plupart des gens qui sont là parlent d'autre chose que du concert. Mais les voisins de Nicolas sont lancés dans leur discussion. Il est au comptoir de la fête, il a mal calculé son coup, s'est mis là où le serveur ne vient jamais.

Ça fait une sorte de vague quand elle arrive, « la voilà », « la voilà », des têtes se tournent, on se passe le mot. Tout le monde s'en fout, en fait, mais c'est quand même sa fête et elle passe souvent à la télé, alors on voudrait voir quelle tête elle a en vrai.

Elle tient par la taille la rouquine du film, elles sont rayonnantes toutes les deux. Visiblement chargées, arrogance trop fiévreuse.

Des gens les entourent, compliments, elle sourit à chacun et fait oui de la tête, serre des mains.

Le big boss sautille autour d'elle, prend les

gens à témoin : « Elle est merveilleuse ! Merveilleuse ! »

Enfin, Nicolas récupère un verre. Il se met dans un coin pour le vider tranquille. Il est amusé de son propre tumulte. Doit faire un effort sur lui-même pour ne pas intervenir, écarter tout le monde en hurlant : « Cette femme est la mienne, je suis seul avec elle, dégagez. »

Elle disparaît de son champ de vision, emportée par un flot de baltringues.

Il repose son verre sur le comptoir et gagne la sortie. Quand il l'entend qui l'appelle ça lui fait quand même bien plaisir. Elle le prend par le bras et le suit dans la rue. Des gens la suivent, « qu'est-ce que tu fais ? ». Elle fait signe qu'elle revient.

Face à face, ils n'ont pas grand-chose à se dire.

— J'ai trouvé le concert très bien. Plutôt hard-core que grunge, dans la forme. Mais très bien.

— T'as tort. C'était très grunge. Qu'est-ce que tu deviens ?

— Toujours rien. Et toi, ta nouvelle vie, ça va ?

— Je suis un chaos à moi toute seule, grave. T'as vu ce bordel autour de moi ? Je savais pas que j'aimais ça, mais putain, j'adore ça.

— Ça se voit, oui.

Martin connard vient la rechercher, prend même pas le temps de voir Nicolas :

— Devine qui il y a, en bas ?

Surexcité. C'est sûrement quelqu'un d'important. Pauline demande avant de partir :

— Je peux t'appeler, qu'on se voie ?

— Si t'as rien de mieux à faire, n'hésite pas.

— Allô, bonjour, c'est Claudine. T'es pas là par hasard ?

— Maintenant, même quand tu m'appelles tu dis pas ton vrai nom ? Tu flippes ?

— Non, mais je perds l'habitude. Je te dérange pas, là ?

— Ça va. On m'a prêté une console de jeux, j'étais en train de tuer des Russes.

— J'ai jamais joué à ça.

— Moi, j'y passe un peu toutes mes journées.

— Je peux venir voir ?

— Aujourd'hui ?

— Ouais, ou quand tu veux.

— Ah, moi, je suis pas hyperbooké. Maintenant, ça me va, et demain, pareil.

— Je suis jamais venue chez toi. Tu me dis où c'est ?

— Pousse-toi, tu prends toute la place.

— Arrête de dire n'importe quoi sous prétexte que tu perds chaque fois.

— Je perds pas chaque fois, qu'est-ce que tu me racontes ? J'en ai gagné plein, des courses.

— T'en as gagné une au début parce que t'as eu de la chatte et depuis t'arrêtes pas de rouler dans l'herbe ou d'aller droit dans les murs.

— T'es de mauvaise foi. On recommence ?

Il appüie sur *Reset*, se rassoit. Elle déclare, convaincue :

— Je vais te massacrer.

Fin de la série de quatre courses, elle était huitième à chaque fois. Elle dit :

— J'en ai marre de ce jeu. C'est bon pour les petits enfants, ça. Y a autre chose qu'on peut jouer à deux ?

— Dans James Bond, on peut se courir après et se tirer dessus.

— Fais voir.

Elle regarde dehors, il fait nuit. Elle propose :

— On commande des pizzas ?

— Avec ce que tu te mets dans le nez, t'as faim ?

— Ben oui. Je m'en mets dans le zen tous les jours et quand même des fois je mange.

— T'as putain de maigri.

— Je mange un peu moins qu'avant. En fait, souvent, j'ai faim, mais c'est impossible de manger. Alors, on commande une pizza ?

Quand elle est arrivée, en début d'après-midi, c'était d'abord pas très facile. Nicolas se creusait la tête pour trouver une question à poser ou quelque chose à lui raconter. L'appartement semblait tout petit, et le silence vraiment pesant.

Désespoir de cause, Nicolas a proposé : «Tu veux essayer la console ? » par politesse et cal-

227

culant qu'elle pourrait se casser au bout d'une demi-heure, pas moins, elle a accepté.

Ils ont commencé une course, et oublié d'être mal à l'aise.

Elle a quelque chose de défoncé, un pan de tristesse qu'elle n'avait pas avant.

Il ne rêve que de se coucher sur elle. Il veut la chaleur de son antre, il veut qu'elle lui ouvre toutes ses portes.

Il sent cependant que ça doit venir d'elle. Sinon, elle se donnera pour aussitôt se recroqueviller et ça recommencera : « Je ne veux plus te voir. »

C'est bien ce qu'elle est venue chercher, mais elle a peur de s'y frotter. Il doit lui laisser le temps de s'apaiser.

Il la regarde jouer, crispée sur sa manette. Elle fait comme font les filles : elle se reproche des trucs sans arrêt, « putain, Pauline, tu fais n'importe quoi », au lieu d'insulter la machine. Il fait remarquer :

— Tu fais n'importe quoi, les morts vivants t'ont déjà bouffé de la vie...

— Je vais en retrouver de la vie, qu'est-ce que j'en ai à foutre. Je trouve que tu respectes pas assez mes décisions stratégiques, t'as tort.

— Faut que tu le tues le géant, derrière lui y a plein de munitions.

— Non, les géants, je les tue pas.

Quand le jour se lève, ils sortent et vont boire un café. Ils ont des têtes de pas-dormi, et des

fous rires nerveux pour tout. Elle est enthousiaste :

— C'est bien ces jeux, c'est trop bien... C'est
con qu'on n'ait pas pu le finir.

— Je peux le mettre de côté si tu veux, je t'at-
tendrai pour le finir.

— J'ai douze mille trucs à faire, je vais pas
revenir avant Noël, pas celui qui vient, celui
d'après. Alors vaut mieux pas que tu m'at-
tendes.

Ça le ramène à la réalité, d'un coup. Depuis
la veille il avait oublié qu'ils ne se voyaient plus
tous les deux jours. Il masque bien, mais sent
une tristesse dedans, il pourrait proposer
« t'as qu'à rester chez moi », au lieu de quoi il
demande.

— T'es vraiment très occupée, alors ?

— Overbookée, comme une connasse de yup-
pie. Hier, j'en avais marre, j'ai prévenu que
j'étais malade.

— Et tu vas réenregistrer un album, alors ?

— Faut attendre un peu, ils sortent encore
deux singles.

Elle sourit :

— Mais je suis en discussion, quand même,
pour le prochain. Je discute avance.

— Si tu veux que je m'en occupe...

— Et toi, tu fais toujours rien ?

— Un peu pitié, mais c'est pas pour me
contrarier.

Elle regarde l'heure, prend un air catastro-
phé :

— Je sens que je vais foirer un deuxième jour... Faut que je bouge, là.

Elle rassemble les tickets de caisse, paie en laissant un pourboire énorme. Du moment qu'elle a regardé sa montre, elle a légèrement changé, repris une allure de femme qui assure.

Et elle cavale vers un taxi.

Nicolas rentre chez lui. Odeur de clopes froides. Il débarrasse la table basse, canettes vides, tasses à café, boîte de sucre.

Il va s'allonger et dormir. Demain il jouera tout seul. C'est pas pareil, tout seul. C'est bien aussi mais ça rigole tout de suite moins. Et il y a des choses qu'on trouve plus vite, à deux.

Avant de rentrer chez elle, Pauline s'arrête à la banque pour retirer un nouveau chéquier.

Il y a une dame devant elle. Qui doit avoir son âge mais elle est avec trois gamins. Une petite fille la tête pleine de tresses, qui dessine des fleurs sur un prospectus. Elle le tend à un monsieur qui attend là. Le petit frère est terrorisé, accroché à la jambe de sa mère. Le dernier, elle le porte encore, un tout petit bébé. C'est une femme très belle, habillée comme au bled, une robe rouge avec du doré. Elle attend, l'employé vérifie quelque chose, il fait non de la tête :

— Ce n'est pas arrivé sur votre compte. Je suis désolé.

La dame ne bouge pas. Elle ne dit rien. Le mec de la banque répète :

— Revenez demain, peut-être que ça y sera. Je ne peux rien faire pour vous.

Elle ne se décide pas à partir. Elle reste là, on dirait qu'il lui manque des forces pour rentrer chez elle sans un sou, qu'elle ne veut pas le croire.

Puis elle appelle sa petite fille, prend son petit garçon par la main, elle sort, lentement. Ses yeux regardent droit devant, ils sont devenus de grands gouffres.

Le type de la banque reconnaît Pauline, lui fait un grand sourire, elle dit bonjour, explique ce qu'elle veut. Il lui demande :

— Vous voulez prendre un carnet ou deux ?

Dès qu'elle rentre, réflexe conditionné, elle va au répondeur.

Message de Sébastien, il en laisse, maintenant, quelquefois. Sa voix est blanche et triste. «J'ai des nouvelles de toi, il suffit que j'allume ma télé..., mais j'aimerais en avoir de vraies.»

C'est cette même voix, celle qui déchirait les chairs, faisait tout basculer, gicler le sang des poignets jusqu'au crâne, maintenant l'entendre c'est comme les autres, difficile de croire que c'est pourtant la même, rien qu'un message de plus. Ne restent que des bribes, un souvenir d'émotion, encore un peu de regret, par endroits. Laissée tout à fait seule, n'en voulant à personne.

Elle ne le rappelle jamais. Elle a un peu de rancœur, elle a tellement eu besoin de lui, pendant toutes ces transformations, l'impression d'avoir la tête à l'envers et ça aurait été autre chose s'il avait été là tout ce temps. Mais surtout, elle a pris peur de lui. De son jugement. Pas le sien à lui, mais celui qu'elle aurait sur elle-même si jamais elle revenait avec lui. Tant qu'elle est seule, c'est pouvoir devenir le père, être égoïste, ambitieuse, agressive et ne faire que ce qu'elle veut. Si elle redevenait sa femme, elle se retransformerait en épouse, c'est celle qui doit aider, pardonner, s'oublier.

Et elle s'aime bien comme elle devient.

C'est fini, les cache-tripes, quand elle planquait ses bas morceaux. Elle aime l'argent facile, celui qui sort des murs, suffit de glisser son truc en plastique dedans. Cette carte de crédit aux chiffres blanchis parce qu'elle écrase la poudre avec. Elle aime arriver quelque part et se sentir comme un aimant, quelqu'un qui aurait touché un gros rab de lumière. Et elle s'en contretape, que les gens ne l'aiment pas pour ce qu'elle est, pourvu qu'ils fassent tous bien semblant.

Elle aime jusqu'à l'hostilité qu'elle déclenche chez pas mal de monde. La merde circule bien, on lui rapporte toutes les saloperies qu'on peut sortir sur son compte, et les intermédiaires en rajoutent une louche au passage.

Elle se sent porteuse d'une haine telle qu'elle kiffe aussi quand on l'insulte. Qu'est-ce que t'as qui va pas, toi, pour que je t'énerve à ce point ? Quel sale compte à régler, toi avec toi, qui te fait tellement flipper que tu regardes ailleurs, chez les autres ?

Elle rencontre des gens qui avec elle sont très souriants, dès qu'ils rentrent chez eux, ils mettent la cassette de Claudine, pour la regarder se faire trouer.

Ils peuvent en dire ce qu'ils veulent, ensuite entre eux, c'est un pouvoir qu'elle a sur eux et qui dépasse leur entendement. Elle a fait ce qui ne se fait pas, ça lui donne bien des permissions.

Elle s'assoit, écoute un vieux morceau, *Do the right thing*, elle aimerait bien rester peinarde et pas sortir de la journée. Elle a un déjeuner, pour un plan pub.

Le big boss dit que ça paie sévère. Il kiffe son amour de l'argent comme il kiffait qu'elle aime le sexe. Elle le méprise toujours vaguement, et il la gave régulièrement. Mais elle l'appelle, même sans rien avoir à lui dire, c'est à lui qu'elle raconte ses trucs. Lui aussi se confie à elle, évoque souvent l'argent.

C'est un trou sans fin, son besoin de fric. Comme un bonhomme obèse, il est malade d'en avoir trop mais c'est le seul moyen qu'il connaisse pour affirmer qu'il est capable : en gagner plus et plus et plus.

Il parle aussi tout le temps de son âge. Elle ne sait pas quoi lui dire quand il raconte ce que c'est que perdre, et que c'est effroyable. Il dit : « L'âge se lit dans les yeux des autres, même quand soi-même on n'y pense plus. La peau qui se barre, l'odeur qui change. C'est un corps étranger au sien, à celui qu'on devait toujours avoir, celui qu'on a toujours connu. C'est comme une erreur lamentable mais on ne peut se plaindre auprès de personne. Et se sentir passer, inexorablement, dans le camp des vieux qui jusqu'ici était une autre terre, qui ne nous concernait pas. Et à l'intérieur de ce corps, rien ne change, on est le même qu'il y a vingt ans, dans une machine qui se déglingue tout doucement. Et même les douleurs d'âme, les déceptions, on croyait s'y habituer, depuis le temps qu'on s'endurcit. Et c'est le contraire, ça se met à faire mal comme jamais. Et puis à force, toujours sentir que ça tape au même endroit, ça fait un mal, c'en est atroce. »

C'est exactement à cause de ces moments-là qu'elle sent naître chez elle l'envie de le prendre dans ses bras et lui dire j'aime ton corps, même si c'est mentir parce que c'est vrai, elle s'en souvient, il a un corps de vieux. Mentir, au moins pour adoucir. Comme chaque fois que c'est injuste, et trop lourd à porter pour l'autre.

Répondeur. Big boss, justement. Elle décroche aussitôt, il est inquiet :

— Je t'ai appelée hier toute la journée. T'étais malade ? J'ai failli passer. Ça va ?

— En vrai j'étais même pas malade, mais j'avais trop besoin de prendre l'air.

— T'aurais pu me prévenir.

— Non, je te connais, tu m'aurais persuadée d'aller aux rencards que j'avais...

Ensuite, elle ne l'écoute qu'à moitié. Le moindre truc qu'il a à dire, ça lui prend trente phrases à le sortir. Il s'embarrasse de tant de conneries qu'il alourdit tout ce qu'il touche. Il dit qu'il passera la chercher, pour le déjeuner, elle dit OK et se prépare.

Avant de sortir, elle est prise d'une inspiration. Elle appelle Nicolas, le réveille :

— Excuse-moi, à cette heure-ci je croyais que tu serais debout.

— J'ai aucune raison de pas dormir, j'en profite.

— Dis-moi, tu m'as parlé d'un magasin de consoles, tu veux pas qu'on se retrouve plus tard, qu'on aille ensemble en acheter une ? Tu me conseilles, tu m'aides à l'installer, comme ça, ce soir, on joue un peu.

— T'avais pas plein de trucs à faire, aujourd'hui ?

— Je vais annuler. J'ai un déjeuner que je sèche pas, mais pour tout le reste, j'annule.

— T'as bien raison, faut rester grunge.

Quand elle raccroche, elle en sautille d'aise. Y a rien de meilleur que de se préparer à une grosse journée très chargée et de finalement sécher.

Elle ne préviendra pas Big boss, parce qu'il en ferait tout de suite un cirque.

Nicolas a retourné la télé, pour tripoter les fils derrière :

— Je comprends rien à comment t'as branché ton scope.

— J'ai touché à rien.

— Si c'est Claudine qui l'a fait, ça m'étonne moins.

— Tu sais que t'es la seule personne qui me parle de Claudine sans croire que c'est moi ?

— T'as jamais peur que ça se sache ?

— Si. Mais c'est toujours la même story : ça ferait encore de la bonne promo.

— Tu transformes tout en promo, toi, maintenant ?

— Je vais me gêner...

— Et t'as jamais eu de sales plans, des gens qui connaissaient ta sœur et que toi t'as pas reconnus ?

— Si. Mais comme je suis devenue genre « quelqu'un », ça passe pour du sale esprit. En fait, je me prends un peu pour elle. J'y réfléchis pas tout le temps, que c'est du mytho.

— Ça y est, ça marche, on va pouvoir jouer. Tu les as mis où, les jeux ?

Elle désigne la table, tire sur le pétard et fait tomber un bout rouge sur son chemisier, elle sursaute et s'essuie la poitrine. Ça a fait un petit trou. Elle demande :

— Tu veux pas descendre acheter des bières avant qu'on commence ?

— T'as pas changé, pour ça : tu veux jamais bouger ton cul.

— Maintenant c'est différent. T'as vu, les gens me reconnaissent. Je peux plus descendre en toute impunité.

— Tu t'es trouvé une bonne excuse.

236

C'est un jeu avec des mondes. Il y a de l'eau. Portes ne s'ouvrant qu'à l'aide de clefs difficiles à trouver, il faut nager courir sauter de toit en toit, tuer des gardes, des chiens, des rats, des mygales. Quand la fille trouve quelque chose d'intéressant elle se baisse en faisant «ah ah». Il y a des bruits inquiétants, qui préviennent que ça va barder.

Ils jouent tard. À la fin se retrouvent bloqués à la sortie d'un ascenseur, il faut tuer trois mecs alors qu'ils n'ont presque plus de vie et ils meurent chaque fois. Pauline est découragée :

— On n'aurait jamais dû sauvegarder là. Maintenant, il faut recommencer tout le tableau.

— On n'est jamais bloqués dans ce jeu.

— T'as que des convictions bizarres. Tu vois bien que c'est impossible, de les tuer !

— Ce soir, parce qu'on est crevés et qu'on est raides. Mais demain, on passera sans problème.

— Tu veux dormir là ? On peut déplier le canapé.

— Tu pars pas trop tôt, demain matin ?

— T'inquiète, je te réveillerai pas. T'auras qu'à claquer la porte derrière toi. Comme ça, avant d'y aller, t'essaieras de le passer.

— OK.

Elle désigne le canapé : «Tu sais l'ouvrir ? » Il est toujours en train de jouer, il fait signe que oui, «j'ai l'habitude».

Elle le laisse, elle a envie qu'il la retienne, elle est soulagée qu'il ne le fasse pas.

Elle ferme la porte de sa chambre, se déshabille, se couche. Elle a envie qu'il entre sans frapper et qu'il se glisse entre ses cuisses. Elle est soulagée qu'il ne le fasse pas.

Le matin, il est réveillé par des coups de feu et Pauline qui s'exclame :
— Du premier coup ! T'y crois ?
— Félicitations. Faut dire que t'as de la chance, toi, ça aide.
— Dextérité, agilité, stratégie, compréhension du jeu, excellent mental…
— Mais t'es pas en retard ?
— J'ai pas envie d'y aller.
— Je commence à regretter de t'avoir ramené ce jeu.
— Je vais le finir, et après je reprendrai une vie normale.
— Tu peux compter une bonne semaine, pour le finir.
— Ça me fait pas peur.
— Ils ont rien dit que t'annules encore ?
— Je leur ai pas dit. Ils vont bien finir par comprendre tout seuls.
— Ils risquent pas de s'inquiéter ?
— Si. Ça leur fera pas de mal.

Le boss en a eu marre d'appeler et qu'elle ne lui réponde pas. Il est venu jusque chez elle.
Elle sait que c'est lui dès qu'elle entend son-

238

ner. Elle coupe le son de la télé, Nicolas lui chuchote :

— T'attends quelqu'un que tu veux pas voir ?

— C'est le big boss. Quel crampon, celui-là !

— Va lui ouvrir.

— J'ai pas envie. J'ai le droit d'être tranquille deux minutes, non ?

— Oui, justement, t'as qu'à lui dire.

Il insiste et sonne encore. Nicolas insiste également :

— Tu devrais y aller. T'imagines, s'il appelle les pompiers ?

Elle a peur d'y aller, ça n'a rien de rationnel. L'argument de Nicolas la décide à se lever, parce que c'est vrai que c'est ce qu'il va faire et ils auront l'air fin, une fois sa porte défoncée, tous les deux, s'acharnant à passer une descente un peu raide avec des ventilateurs en bas qui découpent Lara chaque fois qu'elle l'emprunte.

Elle a raison d'ouvrir, Big boss s'est mis dans un état pas racontable et d'abord elle croit qu'il est arrivé quelque chose de grave. Il est blanc, et tremblant, se jette sur elle dès qu'il la voit, la prend dans ses bras, on dirait qu'il va sangloter.

— Ma petite Claudine, comme j'ai eu peur... Je me suis imaginé des choses, des choses... Comme j'ai eu peur !

Elle lui tapote le dos. Elle aimerait retourner jouer, mais sent que ça ne sera pas si simple.

— Excuse-moi, je ne pensais pas que tu te

bouleverserais comme ça. J'ai juste décidé de décrocher quelques jours.

À présent, il est indigné :

— Mais tout le monde te cherche ! Tu te rends compte ? C'est pas professionnel, ça, Claudine.

C'est la pire insulte qu'il connaisse. C'est très très grave, pour lui, quand on n'est pas professionnel. On peut être malheureux, malhonnête, profiteur, imposteur, à peu près tout ce qu'on veut, mais faut rester professionnel.

Il tombe sur Nicolas, dans le salon, qui a eu la bonne idée d'éteindre la télé. Big boss se dit qu'il comprend tout, sans dire bonjour ni rien, il s'exclame :

— J'aurais dû m'en douter !

Se tourne vers Pauline :

— Claudine, tu te prépares, on a un dîner ce soir.

Puis vers Nicolas :

— Désolé, jeune homme, je ne vous la rendrai que plus tard.

— Pas de problème, chef. Moi, j'y vais.

Elle le laisse partir, jugeant que c'est ce qu'il y a de plus raisonnable à faire, le raccompagne jusqu'à la porte, Nicolas étouffe un fou rire, puis lui parle à voix basse :

— Tu vas te faire gronder, là.

— M'étonnes... Je vais essayer de le faire jouer au jeu, peut-être qu'il va y prendre goût. Je t'appelle demain ?

Et elle referme la porte sur lui. Big boss tourne en rond dans le salon, encore tout éploré, il écarte les bras :

240

— Que tu aies des histoires de cœur, très bien… Mais ça ne peut pas empiéter sur tes engagements. Tu le sais, pourtant. Qu'est-ce qui t'a pris ?

— Fais pas comme si c'était la fin du monde, j'ai décroché deux jours. J'en avais besoin. Je parie que la terre tourne comme un charme. Tu me connais, je suis une nature sérieuse, avide et ambitieuse, c'est qu'un passage, j'avais envie de décompresser.

— Va expliquer ça aux deux journaux que t'as plantés, et la télé que t'es pas venue faire, et le rencard à la boîte de prod, que j'ai mis trois mois à t'obtenir, tu t'es même pas décommandée, le type était fou de rage, j'ai dû mentir pour t'excuser.

— Ça a dû te faire de la peine, ça, mentir.

Elle essaie de le calmer. Il se prend vraiment pour son père, celui qui sait ce qui est bon pour elle. Il s'informe :

— Qui c'était, ce type ?

— Un copain.

Elle pourrait lui expliquer qu'ils ne font rien ensemble. Parce qu'il ne le dit pas mais ça le blesse, qu'elle s'enferme avec quelqu'un d'autre. Encore plus un garçon de son âge.

C'est d'ailleurs ce qu'elle comptait faire, le rassurer. C'est quand même celui qu'elle a de plus proche. Elle lui est reconnaissante d'être venu la chercher en personne pour la remettre sur les bons rails. Ça suffit, les jeux, elle a autre chose à faire.

Elle ouvre la bouche pour lui expliquer,

«c'est rien qu'un pote». Big boss parle avant elle :

— Ça serait pas un petit profiteur ?

— Pourquoi tu penses ça ?

— Quand on est dans ta situation, et tu le sais très bien, on attire tous les parasites.

— Non, non. C'est quelqu'un de bien.

— Permets-moi d'en douter. Moi, je pense que quelqu'un de bien, c'est quelqu'un qui saura te soutenir. Pas un branleur qui te laisse annuler tous tes rendez-vous.

— Permets-moi de te dire que je t'emmerde et j'en ai rien à carrer de ce que tu penses de lui.

Big boss se renfrogne mais ne se démonte pas :

— Tu comptes le revoir ?

— Oui.

— Qu'est-ce qu'il fait, lui, dans la vie ?

— Rien du tout.

— À part ça, c'est pas un parasite... Enfin.

— Et toi, ta femme, c'est une parasite ?

Big boss calme le jeu. Il montre l'heure :

— Faut être à l'heure. Tu vas te préparer, s'il te plaît ?

Il la regarde, elle porte une robe toute défraîchie, la première qu'elle a trouvée en se levant, elle n'est ni coiffée ni démaquillée. Il ajoute :

— On ne peut pas dire que ça te préoccupe de te faire jolie pour lui.

— Lui, au moins, il apprécie le grunge.

— Moi, je t'apprécie quand t'es jolie.

C'était une réflexion du père. De l'époque où

242

elle ne se rendait pas compte qu'elle pouvait ressembler à sa sœur, qu'il suffisait d'une panoplie pour qu'un homme vous trouve désirable. Elle croyait que la féminité existait, qu'elle ne pouvait pas l'inventer.

Elle part se doucher et s'habiller, l'entend téléphoner d'à côté.

C'est un dîner avec des gens qui la passionnent. Elle voulait refuser l'invitation, mais Big boss s'y était opposé : « Ils veulent absolument te voir. Ils seront très vexés si tu refuses. »

Maintenant son job, c'est d'honorer les gens importants. Il y en aura bien un dans le tas qui lui fera sentir qu'elle est conne, sans talent, qu'elle ne mérite pas ce si gros succès. Il y en a toujours au moins un. Et un autre pour faire remarquer que ça ne durera pas, qu'elle doit en profiter, que le public se lasse vite. Un autre encore pour dire gentiment qu'en plus les femmes ça vieillit vite.

Il y en aura bien un autre pour lui faire quelques confidences. Depuis que ce film de cul est sorti, il y a toujours quelqu'un pour vouloir lui parler de ce qu'il aime, avec des airs de conspirateur, qui a juste envie de lui dire : « Voilà, j'ai fait ça avec un homme, ou attaché, ou j'aimerais me faire engoder mais ma femme n'est pas très partante, ou j'aime porter des talons hauts. »

Il y en aura sûrement plusieurs qui l'ignoreront superbement, pour bien montrer qu'ils ne cèdent pas aux enthousiasmes trop populaires.

Et tous ensemble ils discuteront, cas par cas : «celui-là ce qu'il fait c'est pourri» et tel autre «est le seul vrai cinéaste de sa génération, quel gâchis qu'il soit si peu connu». C'est toujours ceux que personne ne connaît qui sont les seuls valables. Le grand public, vraiment, des veaux…, mauvais goût, toujours, récompensant les incapables.

Elle va dîner avec l'élite. Elle ne piquera pas un seul fou rire. Elle ne comprendra rien de ce qu'ils racontent. «Tu n'as pas vu ce film ?» Pauvre elle, attendrissante elle, ignorante elle, heureusement qu'elle a son gros cul de négresse pour rattraper ça, «c'est un petit joyau», et tout le monde d'acquiescer, «il ne se passe rien la première heure, absolument rien, et de ce rien surgissent de vrais instants de grâce». Il y en a beaucoup qui aiment ça, qu'elle soit aussi inculte que ravissante, c'est l'idée qu'ils se font d'un bon coup.

Elle n'arrive pas à se maquiller. Elle rate un œil, se démaquille, puis rate l'autre, recommence.

Le big boss s'est calmé, il lui demande derrière la porte :

— Bientôt prête ?

— Compte encore dix minutes.

— Ah, les femmes !

C'est original, comme réflexion. Elle hésite sur la veste à mettre. Elle se dit, à mi-voix : «J'ai que des dilemmes passionnants.»

Ensuite elle se fait un trait et se sermonne toute seule : «Tu vas pas te plaindre de ce qui t'arrive, tu vas pas te plaindre de la vie que tu mènes. Aujourd'hui, le boss t'a contrariée, mais la plupart du temps tu es bien contente de ton sort. Et tu les aimes, toutes ces magouilles, t'as qu'une seule hâte, c'est de faire un deuxième disque rien que pour prouver à ces connards que t'es énorme et que tu chantes bien. Aujourd'hui, tu voulais rester rigoler avec Nicolas, mais je te connais : demain tu penseras même plus à l'appeler, t'auras l'impression qu'il est loin, parce que c'est vrai que c'est un loser, qu'il s'intéresse à rien et que fréquenter des mecs pareils, ça finit toujours par faire chier. »

N'empêche qu'elle le trouve pathétiquement lourd, ce déjà-vieux connard qui se conduit comme une donzelle, en appelant ça du « savoir-vivre ».

Elle est prête à sortir. Se regarde une dernière fois. Se sourit dans la glace, elle est jolie comme ça.

Une idée lui est venue, tout à l'heure, pendant que le boss lui faisait la leçon. Une vieille idée, complètement conne.

Demain, elle l'aura oubliée.

Quai de métro. Il en passe un peu moins le soir. Une peau de banane traîne par terre. Nicolas parcourt un poème accroché là par la RATP. Silence de gens qui ne se connaissent pas, la plupart ont le nez dans un livre. En face, une vieille dame parle toute seule, s'énerve après quelqu'un qui n'existe pas.

Le métro arrive, boucan insupportable, un bruit de catastrophe à chaque fois.

Pauline ne l'a pas rappelé le lendemain, ça ne l'a pas étonné. Mais elle l'a fait deux jours après : « J'ai plein de trucs à faire, on peut pas se voir, j'appelle juste pour prendre des nouvelles. »

Ils se sont dit quatre cinq conneries, elle avait bloqué sur ce jeu : « Cette semaine, je pourrai pas, mais juste après je te téléphone, qu'on aille jusqu'au bout. »

Puis pendant un mois il n'avait plus eu de nouvelles. Pas que ça l'ait beaucoup étonné, ni déçu, il a continué sa petite vie.

Hier, elle a appelé. Probable que la came était bonne, parce qu'elle était super-bizarre, dans une veine euphorique un peu trop appuyée. Il a dit :

— Je passe demain soir si tu veux.

— Parfait.

— On peut dire que t'y tiens, à finir ce jeu.

— Y a des idées, elles te viennent, mais le lendemain elles te sortent de la tête. Et y en a d'autres, elles t'arrivent, et ensuite tu ne les lâches plus. La sélection se fait toute seule, et souvent te surprend toi-même.

— Je te reçois cinq sur cinq.

— Je t'explique ça mieux demain, quand on se verra.

— Comme tu le sens... Et si t'en as marre de la chanson, moi je te sens prête pour inventer les énigmes de Fort Boyard.

Il aimerait que ça soit ce à quoi il pense. Il aimerait qu'elle lui ouvre et dise «bouffe-moi la chatte» et qu'ils fourraxent à s'en faire mal.

Un type vient d'entrer dans la rame, il donne des grands coups dans un siège. C'est une masse, et il est super pas content.

Le métro s'arrête, Nicolas descend aussitôt. Il n'est qu'à deux stations, il décide d'y aller à pied. Suit le métro aérien, il fait froid comme il aime.

Rue Poulet, il croise un gamin qui court avec la police à ses trousses. C'est pourtant rare, à la nuit tombée, que les lardus interviennent encore dans ce quartier. Le jour, il l'a vu cent fois de la fenêtre chez Claudine, ils attendent d'être quatre voitures et deux camions pour interpeller une seule personne. Autour d'eux ça se rassemble et ça braille, chaque fois il suffirait d'un tout petit truc pour que ça tourne à l'émeute, et c'est qu'il y a du monde pour foutre le bordel. Et ça l'a toujours fasciné, que le petit truc n'arrive pas. Une seule personne qui jette une pierre, et pour la semaine ça serait l'émeute. Quatre voitures, deux camions, pas grand-chose pour tout ce monde... Dans plein de situations, pareil, manque que la première pierre.

C'est putain de clean, quand il arrive. Jamais il n'avait vu l'appartement dans cet état. Claudine n'aimait pas le trop propre, elle disait que c'était les malades dangereux qui ne supportent pas un peu de bordel. Et Pauline n'avait jamais vraiment osé déranger quoi que ce soit. S'était contentée d'entretenir. Il siffle, admiratif :

— T'as fait ton grand ménage ?

— Je quitte l'appartement, je préfère tout laisser nettoyé derrière moi. J'ai vidé tous les placards, j'ai tout rangé.

— T'as fait ça bien.

— Deux jours que j'y suis.

En lui parlant, elle pose son doigt sous sa narine droite, puis le regarde. Nicolas demande :

— T'as peur de saigner ou quoi ?

— Oui et non, c'est plutôt un tic...

Elle soupire, sourit :

— Faut dire, j'ai forcé, ces deux semaines.

— Fais gaffe quand même. Ça me regarde pas, remarque...

— C'est fini demain.

— Alors, tu déménages ?

— Je me casse. Je pars en voyage.

— Classe ! Tu vas où ?

— Dakar.

— Ça va te dépayser de ta rue, grave...

Il rigole, cafouille intérieurement : qu'est-ce que c'est que ce départ et d'où tombe cette idée de partir si loin et sans lui ? Il tâche de garder le contrôle et un semblant de dignité :

— Tu t'en vas quand ?

— Demain soir, mais je peux changer les billets si je veux.

Elle fixe la télé éteinte, semble concentrée sur

248

quelque chose d'autre. Ça le lacère entre les côtes, elle ne peut pas se barrer comme ça. Il fait sobrement remarquer :

— Tu m'as dit des balourds, alors, on pourra pas finir le jeu d'ici demain soir.

— Ça dépend. Si tu viens avec moi là-bas, on aura tout le temps pour finir.

Jackpot. Il fait celui qui comprend mal pour qu'elle précise bien sa pensée :

— Tu veux que je vienne à Dakar avec toi pour finir Tombraider ?

— Ça et tout un tas de trucs.

Explosion de joie, il savait que ça devait arriver, il se permet de faire le malin :

— J'aime pas trop l'étranger.

— Où t'es allé pour dire ça ?

— Nulle part.

— C'est pas pratique, parce que moi je peux pas rester en France.

Il remplit leurs deux verres, se fout un peu de sa gueule :

— Trop de succès ? T'en as marre, tu veux pouvoir marcher tranquille sans qu'on te saute dessus dans la rue...

— Non, ça, je m'y suis bien faite. Je crois même que ça va m'énerver, au départ, de passer inaperçue.

Elle y réfléchit un moment. Elle fait comme d'autres raides que Nicolas connaît, s'arrête en plein milieu d'une explication, yeux ailleurs, elle décroche. Puis elle ajoute :

— Je t'explique ce que j'ai fait, et après je t'expliquerai ce que je veux faire : y a un mois, tu sais quand on s'est vus, ce jour-là, un peu après que tu t'es cassé, j'ai décidé que je m'ennuyais, et que j'étais sur une pente dangereuse.

— Je croyais que tu t'éclatais ?

— Tout était super-bien. Seulement ça a pas de fin. Nicolas, ils sont tous complètement décadents. D'un coup, j'ai fait la liste, et je me suis rendu compte : je rigole jamais. Y a bien un ou deux petits ricanements quand quelqu'un sort quelque chose de très méchant. Sinon, je rigole jamais. Et tu sais comment ça rend, ça ?

— Convenable.

— Super-malade et quand t'es vieux ça se paie très cher, avoir mené une vie de pauvre plouc. Tu vois ?

— Moyen. Mais je t'écoute.

— Alors ça fait un mois que je brasse partout partout, la dératée super-modèle. J'ai touché plein d'avances.

— Des avances sur quoi ?

— Sur tout. Un nouveau contrat de disque, bingo, une série de pubs, rebingo, mes mémoires d'actrice porno, bingo, et tout un tas de trucs insensés... J'ai fait bingo bingo. J'ai tout mis sur plein de comptes, je te le dis franchement : j'ai assuré. Et maintenant je peux partir.

— Tu pouvais pas plutôt partir en vacances, réfléchir un petit peu ? T'es obligée, à chaque fois que t'as une idée, que ça soye une idée à la con ?

— Écoute. Mon truc à moi, c'est l'à-valoir. Dès que j'ai entendu ce mot, j'ai su que c'était mon kif : à-valoir.

— C'est beaucoup ?

— Ça, rajouté à ce que j'ai du disque... À deux on peut vivre dix ans en faisant plein de conneries, quinze si on se tient un petit peu. Et vingt si on reste tranquilles...

— À deux ?

— Je veux que tu viennes. Je savais pas bien comment te le dire. Mais toute seule je partirai pas.

— C'est bien beau, tout ça, mais je suis pas une valise, quoi.

— J'aurais pu t'en parler plus tôt. Mais j'avais peur de changer d'avis. Au dernier moment. De préférer rester. J'avais putain de peur que tu dises non.

Il est le plus heureux des hommes, c'est mille fois plus qu'il en fallait. Il masque tout ça, reste assez froid. Il y a tout de même une dernière petite chose qu'il veut l'entendre dire.

Il siffle :

— T'y vas un peu fort. Je peux pas partir comme ça...

— Je comprends pas. T'es pas bien, avec moi ?

— Si, si, ça va. Mais y a de la marge, entre être pas mal avec quelqu'un et tout larguer pour se barrer avec... Et puis j'aurais l'air fin, arrivés à Dakar, si brusquement tu découvres que t'as mieux à faire que rien du tout avec moi et que tu me plantes comme t'as fait... À Paris, ça allait, je l'ai bien pris. Mais en pleine brousse ça me ferait moins rire.

— À l'époque j'étais jeune, je connaissais

251

rien de la vie. T'es la seule personne avec qui je m'entends bien.

C'est, un par un, les mots dont il rêvait. Il compte en profiter un max.

— Je suis désolé, vraiment j'ai pas envie. Mais peut-être que je viendrai te voir, un jour...

— Tu veux pas qu'on fasse l'amour ? Des fois qu'on tombe trop amoureux et que ça te décide à me suivre.

— Pour être franc, tu commences à me fatiguer.

Il se lève, sent à peine ses jambes. Juste vengeance, pour le traitement qu'elle lui a infligé, et surtout : la ferrer. La faire attendre jusqu'au lendemain.

Il tourne la tête vers elle, elle se mord la lèvre jusqu'au sang, trop de coke lui donne des airs tarés. Il explique :

— Ça me blesse. Comme tu m'emmènes dans tes bagages. Comme tu m'emmènes dans ton lit pour essayer de me faire faire ce que tu veux. Ça me blesse, j'ai l'impression d'être ton caprice.

— Je dois être maladroite.

— T'as surtout trop tapé. T'as perdu le sens de certains trucs... En plus, comme tu me parles, ça veut dire : toi t'es tellement un lose, t'as tellement rien à perdre ici, pourquoi tu viendrais pas me distraire ? Tu comprends que c'est blessant ?

— Mais tu te souviens même pas de comment c'était bon ?

— Plus très bien, non.

252

Terrasse d'une grande maison, juste au bord de la mer.

— Putain comme il fait beau.

— Ouais, ça fait mal aux yeux.

UNE NOUVELLE GÉNÉRATION D'ÉCRIVAINS POUR UNE NOUVELLE GÉNÉRATION DE LECTEURS

NOUVELLE GENERATION

5460

Composition Interligne B-Liège
Achevé d'imprimer en Europe (France)
par Maury-Eurolivres - 45300 Manchecourt
le 15 février 2000.
Dépôt légal février 2000. ISBN 2-290-30185-X
Éditions J'ai lu
84, rue de Grenelle, 75007 Paris
Diffusion France et étranger: Flammarion